ENQUÊTES VÉNITIENNES - 2

LE SOUPER
DE LA SAN MATTIO

de

Pierre **LEGRAND**

et

Claudine **CAMBIER**

Roman policier historique

ISBN : 978-2-930804-25-5

Illustrations : Composition originale et sculpture (Nicolò Aurelio, d'après un portrait de Titien) : Claudine CAMBIER.
Photos : Claudine CAMBIER

Courriel: contact@cinquecento.be

TABLE DES MATIÈRES

ENQUÊTES VÉNITIENNES - 2.........................i
TABLE DES MATIÈRES.........................iii
1 : Conseil des dix.........................1
2 : Venenum venetum.........................15
3 : Soirée maudite.........................32
4 : Laura.........................50
5 : Questions d'échange.........................64
6 : Questions de Copies.........................74
7 : Questions de faux.........................84
8 : Heurts cruels.........................93
9 : La voix de Fantina.........................103
10 : Les ave Maria.........................115
11 : Des rats.........................129
12 : Le maître des substances.........................137
13 : L'apothicaire.........................145
14 : Le chef d'œuvre.........................158
15 : Le rire de Lucetta.........................167
16 : Une preuve d'un genre nouveau.........................177
17 : Trop tard.........................186
18 : Un excès de bonheur.........................195
Note des auteurs.........................204
DES MÊMES AUTEURS.........................206
LES AUTEURS.........................208

AVERTISSEMENT

La plupart des situations et des personnages évoqués dans cet ouvrage sont historiques.

Un certain regard sur la vérité historique fait apparaître une vérité romanesque, généralement considérée comme une fiction, mais qui n'est qu'une sublimation du possible.

1 : CONSEIL DES DIX

Nicolò Aurelio vit bien qu'une main glissait devant lui un dossier au titre calligraphié « Venise, Conseil des Dix, 22 septembre 1510 ». Mais son regard se porta sur l'hémicycle. En face de lui sur l'estrade réservée aux membres de l'assemblée, les sièges de bois sculpté se remplissaient de vieillards en toge rouge ou violette, certains soutenus par leurs valets, d'autres accompagnés de secrétaires. Pendant que ceux-ci s'éclipsaient ou allaient, robes grises, tablettes suspendues au cou, s'asseoir au fond de la salle, ces messieurs du Conseil s'adressaient entre eux de lents saluts ponctués de mouvements élégants de leurs manches dogales à parements d'hermine. Comme au Sénat Romain, ou comme chez les moines, un à un, ils rejoignaient leur stalle. Celle du centre, rehaussée d'un fronton comme un tabernacle, devait contenir le Doge dont la présence ouvrirait la séance.

Nicolò Aurelio savait que la vie du Doge, réglée avec plus de minutie que le mouvement des maures de la tour de l'horloge, comportait, au premier des quatorze coups de cloche, son entrée solennelle dans la salle du Conseil, sous l'escorte des six conseillers. En attendant, debout derrière son bureau planté au pied des marches au centre du parterre, le Grand Chancelier Aurelio, toge rouge, sceau suspendu au cou par une chaîne d'or, s'assurait du bon ordre de son poste de commandement, comme un capitaine de navire avant l'appareillage.

À sa gauche comme à sa droite, ses hommes en gris attendaient derrière leurs tables couvertes de papiers et d'encriers. Nicolò Aurelio avait lui aussi ses instruments à portée de main : dossiers, rapports, notes, feuillets, plumes, sablier, tout un attirail étalé par son secrétaire particulier, Messer Cartelloni. Et Ser Cartelloni, qui se sentait un peu responsable de son chef, se demandait pourquoi *Dominus Aurelius*, ce matin, contrairement à son habitude, ne s'était pas inquiété de l'ordre du jour dont il lui avait pourtant glissé le document sous les yeux, mais au contraire, avait l'air distrait, ou plutôt préoccupé par une pensée qui paraissait l'obséder.

Dominus Aurelius, en effet semblait ne voir personne, malgré le fait qu'il penchât élégamment son profil noble et son calot rouge de Chancelier à l'entrée de chacun des hommes en rouge du Conseil, lesquels lui rendaient son salut avec la même courtoisie. Ser Cartelloni connaissait assez son chef pour voir que se forgeaient dans son crâne les phases d'un exposé dont pas un mot n'apparaissait dans les dossiers préparés depuis la veille. Aurelio affichait cet air pénétré, hiératique, qui précédait généralement l'annonce de grands événements ou qui bridait des pensées tumultueuses ou de grandes émotions.

Nicolò Aurelio avait de son rôle dans la République la conception la plus élevée et la plus exigeante. N'était-il pas la mémoire, l'informateur, souvent le conseiller, toujours l'exécuteur des plus hautes décisions, des plus importantes, des plus délicates, des plus secrètes de l'État ? Car le Conseil des Dix, qui se matérialisait lentement devant lui en cet instant, organe suprême de la République et dont faisaient partie les trois redoutables Inquisiteurs d'État, était en charge de la paix intérieure. Cette poignée de vieillards, dont l'âge justifiait la prudence, dont la richesse justifiait le pouvoir, n'hésitaient pas à infléchir occasionnellement les décisions du Sénat. Ils savaient que la raison d'État permet parfois au prince de se démarquer de la morale commune ; ils abhorraient le désordre générateur de scandale et leur mandat, pour eux, avait tout de la mission divine.

Enfin le premier coup de cloche fit vibrer les antiques verrières. Lorsque retentit le dernier, le Doge Leonardo Loredan dispensait depuis son trône le sourire énigmatique de son regard un rien divergent. Le vieil homme sec, droit sous sa dalmatique et son corno de soie, leva la main droite dans un grand signe de croix.

– *In nomine Christi…*

Devait suivre la lecture de l'ordre du jour, mais le Chancelier ne semblait pas disposé à le faire.

– Messer Chancelier, qu'attendez-vous pour introduire Messer Priuli ? s'impatientait le vénérable Barbarigo. Vous savez bien que nous l'avions convoqué pour qu'il nous présente les résultats de son étude des écluses de terraferma.

– Signori, répondit lentement le Chancelier, Messer Priuli n'a pas voulu se soustraire à son devoir. C'est Dieu qui en décida autrement. Je viens d'apprendre à l'instant que Ser Pietro Priuli a trouvé la mort ce matin même.

La consternation fut de courte durée : Dieu, en ce temps-là, avait la réputation de frapper de façon imprévisible et le Conseil des Dix laissait les prêtres en tirer argument pour brider les passions dangereuses de leurs ouailles. Aurelio n'en avait pas fini. L'information qu'il s'apprêtait à distiller remontait à une heure à peine, au moment où Ser Mosca s'était précipité au devant de lui dans la cour du palais.

Andrea Mosca, dont Aurelio avait antérieurement découvert et cultivé le talent, devait au Grand Chancelier son bonnet de chef des sbires pour avoir fait preuve de persévérance et de discrétion dans une affaire où un patricien, en guerre avec sa conscience, avait risqué de provoquer le scandale. On n'éclabousse pas impunément les autorités d'un État qui doit garder le front serein et l'admiration du peuple. Avoir compris cela méritait le bonnet de drap rouge brodé au lion de Saint Marc. Mosca, l'œil saillant plus brillant que jamais, le poil noir en bataille et le geste dramatique, s'était donc précipité sur Aurelio, et celui-ci sut d'emblée que quelque chose de grave venait de se passer.

En effet, Ser Pietro Priuli aurait trépassé au petit matin entre les bras de son épouse. Il aurait eu dans la nuit une intempérance du ventre auquel son cœur n'aurait pas résisté. Le médecin de famille ayant été appelé, fut informé qu'il avait, la veille au soir, participé à un souper chez des amis et se serait trouvé mal à son retour dès les premières heures de la nuit. Selon la règle en cas de décès d'un patricien en charge d'une mission d'État, Ser Butiron, le médecin légiste, fut appelé au chevet du trépassé, afin de confirmer la cause de la mort et délivrer le permis d'inhumer. C'est alors que tout avait commencé. Car Ser Butiron, qui ne s'attardait jamais auprès des malades susceptibles d'être pesteux et jugeait que tout cadavre à l'odeur trop forte devait répandre des miasmes délétères, s'était cette fois, Dieu sait pourquoi, consciencieusement penché sur le corps sans vie de Ser Priuli. L'homme qui avait lutté toute la nuit avec ses entrailles était propre, prêt à ressusciter pour se rendre à la messe ; sa barbe fleurait bon la cardamome. Le légiste habitué aux pestilences des chairs mortes s'en étonna sans doute. Il ouvrit la bouche de l'homme à jamais muet, comme pour en retirer le ducat d'or devant servir à payer le passeur de l'Achéron. Butiron ne trouva pas de pièce d'or ; seulement une bave verdâtre de la pire espèce et qui le fit sourire, car cette odeur-là, il la connaissait : c'était celle du poison.

– Voilà Signori, en résumé, le rapport que me fit notre légiste auprès de qui me conduisit Ser Mosca. Je fis réponse au chef des sbires qu'il avait bien fait de m'avertir et de ne rien divulguer pour le moment auprès des Quaranties criminelles que je vous aie entretenu de ces événements afin que vous puissiez en juger de la gravité et délibérer sur ce qu'il y a lieu de faire.

– Ser Priuli, dit le Doge, en tant que Sage, expert de la terraferma, travaillait avec le provéditeur *alle acque* sur les relevés des cours d'eau et la possibilité d'aménager les berges des rivières qui nourrissent notre lagune afin d'augmenter les terres cultivables…

– Et inonder le pays en cas d'invasion, afin de tenir loin de la ville les armées espagnoles ! s'écrie Domenico Barbarigo. Ignorez-vous, Signori, que les travaux de Ser Priuli servaient non seulement à notre agriculture, mais aussi et surtout à notre protection ? Qui a versé le poison à Ser Pietro ? Le même sans doute qui veut connaître notre plan de défense contre les canons de Ferrare ou les cavaliers français ou espagnols ! Ignorez-vous que nous sommes toujours en guerre et que le Pape lui-même a juré notre perte ? Qui a assassiné l'homme qui travaillait à notre défense ? Que voulait-on extraire de lui ? Où sont les plans qu'il tenait secrets ?

La véhémence de Ser Barbarigo avait réveillé le respectable Ser Foscari qui n'aimait pas les éclats de voix.

– Messer Domenico, de grâce !

Mais Ser Barbarigo, comme chef du Conseil des Dix, n'avait que faire des oreilles délicates et se tourna vers le Chancelier :

— Messer Aurelio, je suis sûr qu'en homme prudent, vous comprenez l'inquiétude qui doit être la nôtre, surtout que, comme vous le savez, Ser Priuli possédait une cassette dans laquelle il enfermait ces plans, qui sont propriété de la République, pour les emmener dans ses voyages sur la terraferma.

— Nous serions bien avisés, conclut le Doge, d'envoyer notre Chancelier présenter officiellement nos condoléances à la veuve et par la même occasion, de mettre la main sur la cassette de Ser Priuli et ceci étant fait, les plans récupérés, les Quaranties criminelles feraient leur office pour démêler la cause de la mort et confondre les assassins.

Antonio Memo leva le bras.

— Considérez, Prince, que la tentation est grande, comme le suggère déjà notre Capo, de penser que le crime est lié à l'intérêt que l'on a pour les plans. Dans ce cas, point de Quaranties criminelles comme pour une cause ordinaire et point de publicité sur cette enquête qui doit rester dans notre domaine réservé et secret. Monsieur le Chancelier, qui a déjà démêlé de semblables énigmes, comprendra que nous lui fassions confiance une fois de plus et aura soin de laisser répandre que Ser Priuli a succombé à une intempérance de ventre à la suite d'un repas trop copieux pour son tempérament sanguin lourdement éprouvé par le régime que lui imposait la République par ses voyages fréquents et…

Aurelio entendit cela sans surprise. Ser Memo, qui aimait les beaux enterrements, composait déjà l'éloge funèbre du défunt et il était très convainquant. De plus, comme Chancelier, Aurelio connaissait assez l'importance de l'enjeu et les obsessions de ces messieurs pour avoir compris, avant même d'avoir ouvert la bouche, qu'il serait à nouveau propulsé dans les méandres d'une affaire où l'on comptait sur sa sagacité et sa discrétion. L'idée ne lui déplaisait pas : la routine administrative avait quelque chose de bourbeux où l'esprit s'enlise. Mais un détail qu'il n'avait pas jugé digne de mentionner commençait à poindre à l'horizon de sa mission et lui fustigeait déjà le cerveau. Bienheureux Priuli, qui, ayant été honnête homme, devait marcher sur le chemin rectiligne et lumineux du paradis. Lui, Aurelio, devait s'attendre à trouver sur le sien non seulement les méandres des questions, des doutes, les chemins de traverse, mais aussi les pièges que lui tendait sa propre passion et dont il n'était pas sûr de sortir indemne, cette fascination qu'il avait pour une femme qui un jour causerait sa perte, cette courtisane Laura, dont il connaissait le passé et l'emprise qu'elle prenait jour après jour sur ses pensées.

Dès le lendemain, précédé d'un page, il s'en fut au palais Priuli. Donna Priula parut dans une robe noire qui exaltait la blancheur de sa peau. Elle était petite, délicate, une figure d'ange, un bijou fait femme. D'une voix de circonstance, Aurelio parla de la tristesse du Conseil des Dix, de la désolation du Doge et de la grande consolation que la sympathie d'autrui et la religion apportent aux affligés. Donna Priula l'écouta en baissant ses paupières délicatement colorées de rouge. Aurelio ne perdait pas un frémissement de son visage. Ses traits un peu tirés trahissaient une touchante fragilité, une modestie de bon aloi, une désolation jusqu'au fond de l'âme. Pourtant, il aurait aimé caresser ses joues de pêche rose, embrasser ses petites mains d'enfant, glisser les siennes sous le corsage bossué où se devinaient des fruits fraîchement épanouis dans la légèreté matutinale. Il la savait jeune, elle était plus jeune encore que dans ses suppositions. Un tendron de vingt ans livré à un barbon pétri d'embonpoint. On la voyait rarement dans le monde ; elle conservait à l'abri des plafonds sculptés son teint de camélia. Mais quand elle leva les yeux, une mer d'azur déferla sur Aurelio qui crut chavirer dans l'eau limpide d'un lagon de Dalmatie. Elle arrondit les lèvres.

– Oh, Monsieur le Chancelier, je me sens tellement perdue... Que ferai-je désormais, sans mon époux ?

Et, au lieu d'écraser ses lèvres sur cette rose qu'il voyait éclore avec tant d'innocence, il s'entendit débiter des platitudes sur la présence de la famille et la réputation d'épouse modèle qu'elle avait méritée durant son mariage qui, quoi qu'il n'eût duré qu'un an, lui avait acquis l'amour et le respect non seulement du clan Priuli, mais aussi... etc., etc. On ne dit pas ce qu'on veut quand on est mandaté par le Conseil des Dix et il ne fallait pas qu'au nom de ces dix vieillards, il s'en aille culbuter la jeune veuve sur le lit de mort de l'époux. Et puis, on protège les enfants. Celle-ci était orpheline.

Cette pensée permit à Aurelio de reprendre pied dans son monde de notable aux idées pesantes. Il se rappela qu'il n'était là que pour déployer en grand ses organes d'observation et de mémoire.

— Contez-moi, Signora, comment sont survenues ces choses qui nous ont tous consternés.

Un vaste soupir balaya le lagon bleu.

— Il était invité à un dîner chez son ami le Capitanio Marcello. Il n'avait pas souhaité m'y emmener, et d'ailleurs, c'était un dîner d'affaires, sans femmes.

Aurelio acquiesça poliment : étant lui-même un ami de Girolamo Marcello, il savait que celui-ci, pour fêter son retour et les bonnes affaires de ses expéditions maritimes, invitait ses amis collectionneurs d'art et autant de courtisanes autour d'une acquisition pour son cabinet secret dédié au culte d'Éros. Aurelio avait lui-même décliné cette invitation et se demandait encore s'il devait le regretter. Mais risquer de rencontrer Laura dans des dîners de ce genre ne lui plaisait pas : il préférait avoir Laura pour lui tout seul. Sentant dériver ses pensées, il les recentra vite sur le récit de l'éplorée :

— Lorsqu'il me revint, dans la nuit, son valet me fit appeler. Il était pâle et mal allant, il respirait mal et son cœur frappait en désordre. Je lui pris la main, lui prodiguai des paroles d'apaisement, mais son état ne s'améliorait guère… Ah, seigneur Chancelier, c'est une pitié que de voir partir ceux que l'on aime… Je lui fis servir une infusion de valériane, mais comme il tremblait si fort entre deux spasmes du gaster, j'ai fait allumer dans sa chambre, malgré la douceur de la saison, un grand feu. Lorsque je vis que celui-ci ne lui était d'aucun secours, j'envoyai le valet chercher le médecin.

— Quelle heure était-il alors ?

— Je ne sais… Il me semblait que ce cauchemar ne dût jamais finir. Je crois cependant que les couvents de Venise sonnaient les Laudes. La saignée calma un peu ses douleurs. Mais bientôt, le mal reprit de plus belle. Il mourut au lever du soleil… Ne faut-il pas voir parmi ce malheur l'heureux présage de l'âme qui prend son envol ?

— Sans doute, Signora. Vous avez été courageuse. S'est-il vu mourir et ne vous a-t-il point transmis d'ultime message ?

Mais la petite, émue soit par le souvenir de ce qu'elle avait vécu, soit par l'image de ce qu'elle venait d'évoquer, se mit à pleurer à chaudes larmes. Aurelio laissa passer l'ondée. Mais comme enfin, il fallait entrer dans le vif, il répéta sa question en y mettant toute la délicatesse qu'il put, sans en trahir le sens.

— Tout était si confus, répondit-elle en faisant effort pour se reprendre. Il délirait, Messer. J'ai fait appeler le chapelain, mais celui-ci vint lorsqu'il était trop tard. Il reçut cependant la bénédiction sur son corps. La nonne venue l'embaumer me remit la clé qui pendait à son cou. Je me rappelai alors l'avoir entendu parler d'un coffret qu'il serrait en son meuble secrétaire et dont il parlait en prononçant les mots « Conseil de Dix ». Pourriez-vous m'éclairer à ce sujet ?

– Si fait, Signora. Ce coffret doit contenir des documents appartenant à l'administration. Vous plairait-il de me les confier, puisque je suis le secrétaire du Conseil des Dix ?

Aurelio touchant au but ne vit plus que la bouche rose joliment empourprée s'arrondir sur la réponse :

– Oh, bien sûr, Messer Chancelier.

Et se levant, elle disparut dans une pièce voisine pour en revenir tenant un coffret qu'Aurelio reconnut pour être de ceux qui s'ouvraient aux séances du Conseil sur des documents revenus des provinces.

– Le voici, dit-elle. J'ignorais qu'il vous appartînt. Il me parlait de papiers de famille, de titres de propriété, de choses auxquelles je ne m'entends point. Mon époux ne se séparait jamais de sa clé, qui en toutes circonstances ne quittait pas son cou.

Elle rougit si fortement à ces mots qu'Aurelio vit nettement Priuli besognant la gamine, une clé de la République battant la mesure. Mais enfin, l'essentiel était qu'il reconnût le coffret et reçût la clé.

– Tenez, la voici, dit l'innocente enfant. Je l'ai prélevée sur le corps en même temps que son alliance et puisqu'il la portait au cou, je la tiens par devers moi, afin de ne rien changer aux habitudes. Si vous n'étiez venu, je l'aurais sans doute confiée au notaire ou au frère de mon époux.

Aurelio reçut entre ses mains la clé de métal qui exhalait encore la tiédeur des petits seins et se prit à considérer les objets, à leur donner une âme, une expérience de la vie, une sensibilité, et il en conçut à leur égard une jalousie intense.

Enfin, la première étape de sa mission étant accomplie, il pouvait se donner un instant de détente. Laisser gazouiller encore Donna Priula, jouir du pli enfantin de sa lèvre, du lagon bleu de ses yeux, du son cristallin de sa voix et de ses propos insignifiants qui le laissaient libre de penser, regarder, développer ses fantasmes. Il s'ébroua quand un mouchoir de dentelle vint éponger une dernière larme minuscule, un embrun de regret sur une voix qui se noie et les mots :

— Pensez que je n'ai même pas eu la joie de lui concevoir un enfant.

Jugeant qu'il en avait fait assez et que la suite s'annonçait sans intérêt, il prit congé après de bonnes paroles et sauta dans sa gondole. C'est sur le siège flottant que la petite clé, s'animant soudain, se mit à lui brûler les doigts. Ouvrir le coffret, vite ! Ce qu'il y trouverait conditionnerait l'activité des jours prochains, sinon l'issue de la guerre ; le retour de la sérénité ou la preuve d'un acte criminel et ses suites funestes. Les fermetures du coffret étaient compliquées ; ce genre d'ouvrage de maître ferronnier ou plutôt d'orfèvre capable de ciseler des mécanismes qui s'interpénètrent et se multiplient et qui n'obéissent qu'à la seule clé qui sait faire jouer leurs ressorts. Aurelio l'engagea dans la serrure avec la sensation de posséder entre ses mains le sort de la République, de son trésor et de ses milliers d'âmes. Le mécanisme complexe résistait. Lui avait-on donné la bonne clé ? Eh, qu'importe, on fracasserait le couvercle, le contenant n'avait aucune valeur, seul importait le contenu, les belles liasses de feuilles épaisses au format de chancellerie pliées avec soin, en trois dans le sens de la hauteur, en quatre en largeur, disposées tête-bêche pour qu'elles ne se froissent pas et s'empilent selon le format exact du coffret, sans se cogner aux parois ni faire de bruit dans le transport.

Enfin, la petite clé, à force de persuasion, enclencha les ressorts et le couvercle se souleva. Le coffret était vide.

2 : VENENUM VENETUM

– Mosca, dit Aurelio au retour du Conseil, nous voici donc à nouveau chargés par les Dix de retrouver en toute discrétion des plans et un assassin. Pensez-vous que les deux affaires soient liées ?

– L'expérience, Excellence, a rarement vu deux crimes indépendants se rencontrer le même jour autour d'un même homme.

– Quoique la chose, pour improbable, demeure possible. Mais votre remarque est judicieuse. Toutefois, dans une ville, une liasse de plans est plus facile à reconnaître qu'un assassin. Et puis celle-là peut nous mener à celui-ci. Nous allons donc tâcher de retrouver les plans dans la demeure où ils ont séjourné. Choisissez donc quelques sbires qui nous accompagneront au palais Priuli. Pendant que vous fouillerez, je me charge d'entretenir la veuve, qui, quoique désorientée, comprendra la nécessité de nos recherches. Ces plans me serviront aussi de prétexte pacifique pour interroger le domestique.

Ainsi fut fait. Le soleil était déjà haut et les poissonnières de la piazzetta avaient déjà vendu leur étal que la Signora Priula dormait encore.

– Ne la dérangez pas, dit Aurelio au valet de l'huis. Indiquez-moi plutôt le bureau de votre maître. L'administration de la République veut seulement reprendre les dossiers sur lesquels il travaillait. C'est pourquoi je suis venu accompagné de mes notaires mandatés par les autorités de la ville.

La personne de Nicolò Aurelio n'avait pas besoin de se réclamer d'une autre autorité que celle qu'il dégageait naturellement, surtout lorsqu'il était en toge rouge et collier d'or. Le valet précéda donc les visiteurs dans une pièce décorée de lambris sombres, cette pièce attenante au salon où Aurelio s'était tenu la veille. Laissant ses sbires dans le bureau, il pénétra dans le salon, s'installa, et demanda qu'on lui amène le valet de chambre de Ser Pietro Priuli.

L'homme qui vint se courber devant lui était d'un âge certain, avait une vraie tête d'honnête homme ; un de ces hommes du peuple, dont Aurelio disait que chacun devrait avoir à cœur de mériter le respect. Le valet Sirio demeurait debout, les yeux baissés mais la tête haute et s'assit du bout des fesses quand le Chancelier l'en pria.

– Messer Sirio, on me dit que vous étiez le valet de chambre de feu Ser Priuli.

– C'est exact, Excellence. Et je puis dire même que j'étais son ami, son confident. Je n'ai jamais eu d'autre maître que lui. Je l'ai vu naître, si je puis dire. Je l'ai vu grandir, devenir un Signore... mourir.

Il parlait d'une voix sourde, douce ; la bonté, la fidélité se lisaient sur son visage triste. Il s'était signé sur le dernier mot articulé douloureusement.

– Parlez-moi de lui, dit Aurelio avec bienveillance. Le Conseil des Dix tient à prononcer quelques paroles à ses obsèques.

– Ah, Excellence, il n'y avait pas de meilleur homme à Venise. Il était né sous une bonne étoile ou bien le ciel l'a favorisé. Il était né riche, héritant de la fortune de son père, mais il travailla cependant à l'accroître, en faisant le commerce de la laine des moutons de Crète. Le seul grand regret de sa vie fut de n'avoir point d'héritier à qui transmettre ce qu'il avait accumulé de science et de richesses.

– Je sais, hasarda Aurelio. Donna Priula partage ce regret.

– Ah ! mais je ne parle point de Donna Despina, mais de la première épouse de Messer Pietro, la Signora Fausta, avec qui il fut en grand amour dans sa jeunesse. Hélas, Donna Fausta mourut en couches après un an et demi de mariage, et son rejeton quelque temps après elle. Et ce fut pour supporter ce grand chagrin que mon maître se lança dans le voyage de commerce.

Aurelio avait beau connaître la physionomie de chacun des électeurs du Grand Conseil, la situation de famille de la plupart de ceux qui occupaient des charges, il ignorait leur passé sentimental, que le Livre d'or ne consignait pas, puisqu'on n'y notait que les mariages, les naissances et les décès.

– Mais voici un an que Ser Pietro épousa Donna Despina, si je ne m'abuse.

– Un an tout juste, approuva le valet. Un peu selon mon conseil, d'ailleurs. Je lui disais : « Messer Pietro, le temps passe pour vous comme pour moi ; il me ferait plaisir à moi, autant qu'il vous serait utile à vous de voir un héritier grandir dans votre maison. N'êtes-vous point fatigué de courir les mers ? – Si fait, me répondit-il. Mais trouve-moi une épouse assez jeune et de santé assez robuste pour m'en donner assez en peu d'années, afin qu'au moins un me reste. »

L'œil de Sirio brillait d'orgueil. Les valets de chambre sont les vrais intimes des hommes riches parce qu'ils sont leur double, leur ombre, leur âme damnée ou leur ange gardien.

– Il avait gardé un fond de mélancolie, poursuivait le valet, on pourrait dire de prudence. Alors, il cessa de prendre la mer et il entra en politique. Finalement, c'est au cours d'une conversation avec son banquier Strozzi que Ser Alessandro lui parla d'une nièce restée à Florence, du nom de Despina. Il la fit venir à Venise et le contrat de mariage fut signé promptement. Nous étions tous heureux. Mais malgré l'assiduité des époux à procréer sans tarder, malgré les messes, les prières et les pèlerinages, Donna Despina resta sèche…

Aurelio se dit que d'aucuns aurait pensé que la clé, agitée au rythme de la danse trévisane des époux, avait, par un mauvais sort, fermé le ventre de

Despina. En vérité, ces choses-là sont mystérieuses et ne se commandent pas.

– Donna Despina en conçut-elle du dépit ?

– Oh, oui, bien sûr, la pauvre femme. Si gentille, si douce…

– Si jeune, suggéra Aurelio pour susciter plus ample commentaire.

– Un soleil dans la maison, enchaîna spontanément le vieux valet. Un ange. On dit parfois que la différence d'âge entraîne des désordres dans les ménages. Mais il faut des femmes jeunes pour produire de la descendance. Et la seule chose que l'on pût reprocher à Donna Despina était d'être coquette et d'aimer les bijoux. Mais il faut dire que mon maître aimait lui en offrir. Oui, elle l'a rendu heureux, c'est sûr. Sans doute qu'avec le temps, elle lui aurait donné cet enfant qu'il voulait, mais voilà…

Aurelio se garda d'approuver trop chaudement. Il n'avait pas besoin d'avouer combien il avait constaté lui-même que Donna Despina avait tout pour rendre un homme heureux. Toutefois, il ne fallait pas s'égarer en considérations domestiques. S'il n'était pas inutile, pour la suite de l'enquête, de renifler les parfums flottant dans la maison Priuli, le premier but de sa présence ici était de retrouver les plans qui dormaient probablement dans le bureau de feu l'expert. Où en était Mosca dans son travail ?

– Pardonnez-moi un instant, dit Aurelio en se levant et se dirigeant vers le bureau.

Par la porte entrouverte de manière à ce que le valet ne pût rien apercevoir de la scène, il vit un pan de spectacle d'apocalypse, ou du moins jugé tel par un homme de chancellerie : tous les tiroirs ouverts, vomissant par paquets entiers des dossiers, des livres, des cassettes décapitées ; un grand tableau de maître descendu de son clou laissait voir un coffre encastré dans la muraille, le ventre ouvert, des ferrailles de chirurgien, ou plutôt de voleur, encore suspendues à ses impressionnantes serrures. Le tableau représentant une descente de croix ajoutait au chaos général. Seules les entrailles du coffre offraient l'ordonnancement strict des sacs d'écus. Et, au milieu de ce cataclysme, Mosca ouvrait les bras d'un air d'impuissance désespérée. Aurelio lui fit un signe, ferma la porte et revint posément s'asseoir en face du valet.

— Messer Sirio, parlez-moi des derniers instants de votre maître. Ne m'a-t-on pas dit qu'il venait d'une réunion ?

— Si fait, Excellence. Une réunion d'amis chez le Capitanio Marcello. Il partit au coucher du soleil, et fut de retour aux premières heures de la nuit. Le gondolier vint frapper à ma porte : le maître l'avait rappelé plus tôt que prévu, il s'était trouvé mal pendant le trajet du retour. Et en effet, il était pâle, il respirait mal et me demanda un digestif. Je courus à la cuisine, je réveillai la femme de chambre de la Signora. Donna Despina apparut bientôt en déshabillé. Ser Pietro suffoquait, se mit à vomir, tremblait parmi les spasmes…

— Qui le vit en cet état ?

— Le gondolier étant parti, nous étions trois au chevet de Ser Pietro : la femme de chambre et moi, prêtions nos services à la Signora pour soulager

Messer Pietro. Mais la Signora, à peine eut-elle vu la figure de son époux qu'elle m'envoya quérir le médecin, ce que je fis aussitôt en courant. Quand je revins, environ une heure plus tard, Messer Pietro transpirait, vomissait de la bile, tremblait malgré une forte infusion de valériane qui lui avait été administrée et malgré le grand feu que la signora avait fait allumer dans sa chambre. Le médecin, Maestro Sanaro lui tira un bol plein de sang noir. Cela calma un peu la respiration du malade, mais non point l'agitation de ses membres, malgré les caresses apaisantes que lui prodiguait la Signora. En conséquence, elle m'envoya chercher le chapelain. Mais à notre retour, Ser Pietro ne respirait plus et Maestro Sanaro était parti. Pendant que l'on préparait les cierges et entamait les oraisons, je fis une rapide toilette de mon maître pour qu'il puisse recevoir dignement la bénédiction du prêtre.

— L'avez-vous déshabillé à cette occasion ?

— Oh oui, Excellence, comme d'habitude, dit le valet en fronçant le sourcil sur l'étrangeté de la question.

Mais il dut aussitôt se rappeler une particularité du *savio di terraferma*.

— Oh, vous voulez parler de la clé qui ne le quittait pas. Il l'avait sur lui en permanence, il l'avait en partant chez son ami ; il l'avait encore alors qu'il ne respirait plus. Est-ce à cela que vous faites allusion ?

— Entre autres. Qu'emportait-il d'autre avec lui ?

— Quand mon maître est de sortie, répond le valet comme s'il récitait un texte de loi, c'est moi qui retire ses vêtements du coffre et les lui enfile. Je lui donnai un mouchoir de batiste et ses gants ; il prit une bourse. Il n'avait besoin de rien d'autre pour se rendre chez le Capitanio Marcello.

– Certes. Et quand il revint… ?

– Ah, Excellence, s'anima le valet, croyez-vous que je fis attention au contenu de ses poches, alors qu'il étouffait ? Je lui ôtai tous les vêtements qui le serraient et les jetai pêle-mêle dans le cabinet attenant à sa chambre. Quant à la clé qui a sûrement un rapport avec les affaires dont il s'occupait, elle est certainement entre les mains de Donna Priula qui ne manquera pas de vous la remettre.

– Ce qu'elle a déjà fait, approuva Aurelio avec un air de calme souverain qui masquait toutes les appréhensions collectées depuis un instant, depuis l'instant où, dans la demi-ouverture de la porte du bureau, il avait vu le geste de Mosca au milieu d'un champ dévasté ; depuis l'instant où il se demandait comment ne pas avouer que la mort du maître mettait le Conseil des Dix dans un embarras épouvantable, en un mot, depuis qu'il fallait bien admettre que la Sérénissime était en train de perdre sa sérénité…

– Merci, Messer Sirio, conclut le Chancelier. Vous m'avez éclairé sur la personnalité de cet homme que la République a toutes les raisons de regretter. Mais vous connaissez les hautes responsabilités qui étaient les siennes dans la conduite des affaires d'État ; je vous demande donc, au nom de l'État, de me remettre tout document que vous pourriez trouver dans sa chambre, ou quelqu'autre de ses lieux de vie, qui pourrait paraître étranger à des activités courantes ou clairement anodines. Et peut-être devrais-je me corriger : pour un homme comme votre maître, il n'existe pas beaucoup d'écrits anodins.

– Je vous ai compris, Excellence. Je vous promets d'être attentif, dit le brave homme en branlant du chef.

– Mais à présent, poursuivit le Chancelier en changeant de ton, peut-être Donna Priula est-elle en mesure de paraître. Oh, après tout, ne la dérangez pas, envoyez-moi d'abord sa femme de chambre, je vous prie.

Betta était une petite grosse, fraîche et courtaude, une vraie fille de campagne, solide, aux joues de pêche mûre, au parler roulant et rustique.

– Madame ? Vé, pour sûr que la v'là bouleversée, la petiote. A reste au lit, vu qu'a peut rien faire sinon pleurer toutes les larmes du Christ.

– Tout cela a dû être éprouvant pour elle…

– J'y crois bien ! À son âge et avec toute l'affection qu'elle avait pour not'maît' ! Vaz-au bûcher, m'a-t-elle dit, et apporte-moi de bonnes bûches bien sèches pou' faire du feu dans la ch'minée. À la première flamme, l'a voulu souffler elle-même pour aller plus vite pendant que j'faisais infuser la valériane à la cuisine. Une bonne infusion d' racine qua d'vait bouilir un tas d'Ave Maria, ça d'vait calmer les convulsions. Mais bah, quand l'heure est là, Messer, y a rien à faire. Le docteur est v'nu, a fait la saignée, mais sitôt après, Hue ! A poussé un grand cri et a tombé. Ah ! Not'dame avait pas mérité ça. Que sans relâche a restée à soutenir ici sa tête, là sa main, et que le rôt du dîner avait tout passé par-dessus bord… Faut-y vraiment que j' la réveille ?

– Non, Betta, laissez-la se reposer, elle en a besoin, mais conduisez-moi dans la chambre où le maître repose afin que je puisse m'y recueillir un instant.

Betta roula de gros yeux effrayés.

– Oh, pour ça non, Messer. Moi, j'ai pas le foie pour aller en de tels lieux depuis qu'y a des cierges et des capucins noirs. Mais je m'en vas vous envoyer le portino qui vous y conduira.

– Soit, fait Aurelio tandis que Betta tournait les talons et que lui se levait pour aller limiter le carnage qu'il avait vu se déchaîner dans le bureau.

Or, derrière la porte, les choses avaient repris leur place, les tiroirs étaient poussés, les tables vides, le Christ était remonté à son mur et dominait une pièce austère où chaque objet, en faction à la place qui lui était assignée, attendait un maître qui ne reviendrait jamais. Les trois hommes attendaient, eux, le bon vouloir du Chancelier.

– Signori, nous allons investir dans un instant la chambre mortuaire, dit Aurelio. Vous y ferez diligence de la même manière mais, je l'espère, avec plus de succès.

Le portino attendait déjà dans le salon.

– Par ici, je vous prie, fit-il d'un ton funèbre.

Derrière les rideaux tirés, la pénombre voilait les joues grises de Pietro Priuli dont le visage barbu maculait d'une tache sombre l'éclat du drap d'or qui recouvrait son corps. Les flammes de deux cierges faisaient reluire ce somptueux suaire et révélaient la présence, dans l'ombre, de deux religieux abîmés dans la lecture d'un psautier. Ils levèrent sur les arrivants un regard dont l'éclat rivalisait avec celui des morts qui ont croisé le diable ;

– *Fratres*, murmura Aurelio en posant une main sur l'épaule du plus proche, vos yeux se fatiguent et la voix de vos prières s'épuise. Nous vous relevons un quart d'heure de votre garde. Allez donc vous rafraîchir à la cuisine tandis que nous vous remplaçons dans votre tâche.

Les religieux ne se le firent pas répéter et rassemblèrent aussitôt leurs pans de bure tandis que les sbires s'agenouillaient devant le catafalque avec de grands signes de croix. La porte se referma en silence sur la pénombre.

– Et maintenant à vous, déclara Aurelio.

Le mot fit voler en éclats les attitudes pieuses ; les yeux baissés s'ouvrirent sur des lueurs de chiens limiers au milieu d'une garenne. Nonobstant la présence de la mort, une chambre mortuaire contient moins de mystère qu'un bureau. Ce fut la première réflexion de Mosca, à mi-voix après un premier tour d'horizon de ce terrain nouveau. On visita une commode, un cabinet scribanne à tiroirs prometteurs, mais rien qui ressemblât à des feuillets, encore moins à un paquet de plans sur papier épais. Et quand un sbire, le sourcil interrogateur, pointa le doigt vers la forme oblongue couverte du drap d'or, Aurelio haussa une épaule, écœuré autant par l'odeur entêtante mêlée de cire, d'encens et de bure de moine que par la présence gênante de Ser Priuli, son mutisme et l'absence de plans dans sa maison.

D'ailleurs, les *fratres*, ponctuels, venaient reprendre leur faction. On descendit donc les marches, rejoints par le portino dont la tâche d'huissier ne souffrait pas de repos, en cette période d'exposition du corps. Ils en étaient à prendre congé dans un roulement de murmures, quand un appel retentit depuis le fond du grand hall. C'était Sirio qui accourait, oublieux un instant du silence contraint des lieux.

– Excellence, je viens de faire un paquet des vêtements laissés dans le cabinet. Et, me souvenant de ce que vous m'avez dit, j'ai fouillé avec attention. Je n'ai trouvé que ceci.

Il tendait un papier plié en trois dans le sens de la hauteur, en quatre en largeur, un peu froissé aux angles par son séjour dans la poche d'un vêtement malmené. Aurelio eut un instant d'arrêt. Mais quand il déploya le document, il reconnut nettement le plan de Padoue avec sa ceinture de cours d'eau barrés d'écluses et de vannes. C'était un des quinze plans qu'il cherchait.

Aussitôt, il planta là son escorte de sbires, revint en arrière, s'enferma avec le valet dans la première pièce qui s'ouvrait sur le vaste embarcadère. C'était une réserve de rames, mais peu lui importait le lieu.

– Où avez-vous trouvé cela, Messer Sirio ?

– Dans la manche de son pourpoint, Excellence.

– Gauche ? droite ?

– La poche de la manche gauche, répondit le valet après un instant de réflexion.

– Ce document était-il dans son pourpoint lorsque vous l'habillâtes ?

– Je vous ai dit, Excellence, que je serrais ses vêtements dans un coffre après les avoir brossés, vidés et que c'est moi qui les lui enfilais. Le vêtement sortait du coffre. Il ne contenait rien

– Mais entre le moment où Ser Priuli se trouva habillé par vous et celui où il descendit dans la gondole, que se passa-t-il ? L'avez-vous quitté ?

– Il me pria d'aller quérir un mouchoir de batiste ainsi que ses gants de peau. Quand je le rejoignis, il sortait de son bureau où il était allé chercher une bourse.

– Ah, fit Aurelio, avec une satisfaction d'expert qui note une faille. Et si, durant ce temps, il avait alors glissé cette feuille dans son pourpoint, l'eussiez-vous remarqué ?

– Certes, non, Excellence.

– Et si durant ce même intervalle, il eût glissé dans ses poches un paquet d'une quinzaine de feuilles comme celle-ci, l'eussiez-vous remarqué ?

– Pas davantage, Excellence. Il faut dire que je lui avais aussi préparé son manteau et que le temps que je m'absentai, il l'avait endossé et agrafé.

Aurelio, matérialisant des deux mains l'épaisseur du paquet, insista :

– Un paquet comme ceci pouvait-il prendre place dans ses vêtements sans que vous ne vous en fussiez aperçu ?

Sirio réfléchit encore. On sentait qu'il débattait avec lui-même d'une question qu'il ne s'était jamais posée et cette question n'était pas une question d'habillement. Son visage était de glace, fermé, hostile.

– Je ne sais, Excellence, finit-il par prononcer avec lenteur. L'on peut tout imaginer. Mais je dois vous affirmer une chose : cela ne fut pas. Mon maître n'aurait jamais fait ça.

– J'en suis persuadé, Messer Sirio. Mais dans ce genre d'affaire, il faut pouvoir envisager tous les possibles. Imaginer l'impensable ne signifie pas accuser un homme, c'est seulement une méthode de raisonnement, voyez-vous ?

Tapi dans la pénombre, le valet conservait une attitude méfiante. Aurelio sentit qu'il fallait ménager la sensibilité de cet homme s'il voulait s'en faire un allié. Et posséder dans la maison Priuli un allié intelligent et honnête était un atout de taille. Aussi conclut-il sur un ton amical :

– Messer Sirio, la République cherche à rassembler tous les travaux de Ser Priuli. Il est aussi possible que pour une raison connue de lui seul et parfaitement honnête, il ait souhaité saisir l'occasion de rencontrer quelque personne aussi experte que lui pour compléter un point qui lui aurait échappé. Quoi qu'il en soit, vous venez de nous rendre un service appréciable, car ceci manquait à nos dossiers. À présent que vous connaissez nos raisons, je vous répète mon souhait que vous ouvriez l'œil sur la présence de tout document de ce genre et je vous engage à nous les apporter. Et à faire silence sur tout ceci, bien sûr. Voici d'ailleurs un ducat pour récompenser votre aide précieuse et je suggérerai qu'on vous en donne d'autres selon ce que vous pourriez nous fournir.

Le valet avait tardé à avancer la main, montrant par là qu'il n'était pas vénal, mais qu'enfin, pour tout le monde, un service est un service. Aurelio prit congé dans les termes les plus aimables et Sirio se précipitait pour lui ouvrir la porte lorsque le Chancelier sembla se raviser :

— Mais j'y pense...quelle main votre maître utilisait-il pour écrire ?

— Il a toujours écrit et mangé de la main droite, Excellence.

— Ah, fort bien, fit négligemment Aurelio en poursuivant son chemin vers l'embarcadère.

Ser Butiron, le médecin légiste assermenté de la République, avait le nez si long qu'il suscitait la plaisanterie. Jamais en manque de boutades, ses concitoyens affirmaient sans rire que c'était pour posséder ce puissant appendice qu'on l'avait choisi à ce poste. Et en effet, à cette époque, la crainte de la contagion par l'air corrompu affublait les médecins de ce masque en bec d'oiseau au bout duquel des herbes aromatiques faisaient rempart aux miasmes. Toutefois, assis en face du Grand Chancelier chez qui il avait été convoqué, Ser Butiron, cet après-midi-là, se contentait de son organe naturel qu'Aurelio avait salué avec tous les égards dus à la compétence.

— Venenum venetum, affirma l'expert. Les symptômes décrits par Maestro Sanaro sont explicites : venenum venetum. Maestro Tossego, notre spécialiste des poisons, consulté par moi en application des règles de la République en cas de mort suspecte, vous l'affirmera comme moi : *venenum venetum, nux vomica*, premiers effets environ trois heures après l'administration, agonie après sept heures, mort en huit heures maximum.

Aurelio demeura muet devant cette précision scientifique que l'homme confirma du tranchant du nez.

– Vos affirmations sont claires, Maestro Butiron. Et les experts sont donc formels, constata Aurelio

– Oh, notez, Excellence, que, selon nos observations, ces affirmations peuvent se nuancer : la dose peut être trop légère, en ce cas, l'agonie sera plus lente ; la poudre peut être impure, en ce cas, la bile sera moins noire ; le sujet, en buvant d'abondance, peut la diluer dans le gaster ; il peut être de santé robuste et prolonger les symptômes sans toutefois éviter la mort.

– Ce qui nous permet de situer l'administration… ?

– À la veille au soir, sans aucun doute.

– Avant ou après le coucher du soleil ?

Butiron haussa les épaules devant la question sans pertinence.

– Le *venenum venetum* est un poison de huit heures, Excellence…

– Donc, vous me dites après, précisa Aurelio.

– Après, après, répéta Butiron d'un ton méprisant une telle évidence. Et en mangeant des mets épicés qui devaient en masquer le goût.

Puis, se penchant en avant comme s'il lâchait une confidence :

— Et d'ailleurs, ne prépare-t-on pas des mets épicés pour favoriser les plaisirs nocturnes que l'on offre à ses invités ?

3 : SOIRÉE MAUDITE

De là où se trouvait son âme, Ser Priuli en cet instant devait regretter peut-être les plaisirs nocturnes qui lui avaient été refusés, mais au moins se réjouissait-il de recevoir un bel enterrement. Jamais tant de frères lais ne s'étaient rassemblés pour porter sur leurs épaules un homme accomplissant son dernier voyage vêtu de drap d'or dans son cercueil ouvert et admiré par tous. De la ca'Priuli à l'église de Santa Croce, s'étirait un fleuve ininterrompu d'habits religieux, un déferlement de toges écarlates, pourpres et noires. La fumée des cierges et les vapeurs de l'encens montaient au rythme des cantiques, abaissaient la voûte des nuages et il semblait que les nuées célestes descendaient à la rencontre de l'âme du défunt. Dans la grande nef de Santa Croce, où l'éclat de sa lignée lui réservait depuis deux siècles un tombeau au pied des autels, Pietro Priuli eut droit à des prières, des discours et des larmes. Et le lendemain, ce fut un soulèvement de joie pieuse lorsque, après la lecture publique du testament, on sut tous les dons qu'il prodiguait autour de lui à son domestique, à la scuola, aux œuvres de la paroisse. À sa nièce, une enfant qu'il avait en particulière affection et qui lisait l'Iliade à livre ouvert, il léguait sa collection de vases antiques. Il disait ensuite que si Dieu décidait de le rappeler avant sa fidèle épouse et au cas où celle-ci n'aurait pas conçu d'héritier, il rendait à Donna Despina née Strozzi sa plantureuse dot, lui léguait son palais et lui tenait pour acquis tous les bijoux dont il lui avait fait présent de son vivant. Ainsi le voulait la coutume. Le reste de la fortune passait en pleine possession à son frère, afin que le nom de Priuli conservât sa renommée.

Aurelio revint de cette cérémonie en compagnie du Capitanio Marcello. Marcello était un géant à la peau tannée de marin, barbe et cheveux bouclés taillés court, un solide gaillard à la voix forte, aux élans puissants, bruyant et généreux, le cœur sincère.

– Ah, mon ami, disait-il, quelle pitié ! Ce pauvre Pietro… Mort d'un flux de ventre en rentrant d'un banquet en ma demeure. Ne dirait-on pas que je l'ai empoisonné ! Seigneur, quel est le médecin de Salerne, qui prétendit qu'une table trop bien servie était un coupe-gorge ? Et pourtant, savez-vous que je mis un frein aux enthousiasmes de mon *cuoco* qui voulait nous imposer une série d'entremets aux épices des Indes ? Je vous assure, Nicolò, mon repas était à la limite de la frugalité. Mais enfin, on ne traite pas son monde avec un poisson et un légume !

— Dites-moi ce que vous avez servi de si frugal, Girolamo, afin que je fasse un peu de salive. Je regrette encore que mes obligations de trésorier à la *Scuola della Misericordia* m'aient empêché de répondre à votre amicale invitation. À la vérité, j'en meurs de dépit, car vous savez recevoir.

— Dieu merci, Nicolò, vous n'étiez point dans un lieu où débarqua la mort ! s'écria Girolamo qui, en bon marin, nourrissait quelque superstition. Eh bien, puisque vous me le demandez, nous avons commencé par des petits pâtés de canard aux pruneaux arrosés de vin de Marsala.

— Fort bien, fit Aurelio qui ne boudait pas les bonnes choses.

— Ensuite, six douzaines d'huîtres agrémentées de vin clairet de la Loire ; pour suivre, des tostées de poutargues et de caviat ; puis huit perdreaux au verjus et deux chapons de Pola accompagnés d'un hochepot de légumes frais cueillis à Sant'Erasmo et d'un vin corsé de Dalmatie que je venais de découvrir en faisant escale à Spalato. Pour attendre, un entremets de confitures de fraises au miel et au gingembre ; le plat de résistance n'était qu'un chevreau rôti à l'estragon et paré à la manière des Normands, dont je pris la recette en Sicile ; quelques massepains en attendant le dessert d'une pièce montée de sucre aux oranges et cannelle et une parodelle accompagnée d'un vin muscat de Samos pour faire passer le tout. Trouvez-vous qu'il y ait là de quoi tuer un homme ?

— Un homme, sûrement pas, Girolamo, mais un régiment et vous avez une carcasse à résister à tout.

– Nous étions huit ! plaida le Capitanio.

– Aussi dites-moi, qui étaient les heureux élus à vos agapes, et de quels autres regrets allez-vous me charger.

– Vous les connaissiez tous, ou du moins, je le crois. Quatre hommes, quatre femmes. Vous connaissez Antonio Tebaldeo, l'homme d'affaires du Duc de Ferrare. Cet homme courtois qui taquine la muse parle comme un livre et vous demanderait à boire en hexamètres dactyliques. Il est actuellement à Venise dans l'espoir de recruter un peintre pour son maître. Je crois que le Duc veut transformer sa forteresse wisigothe en palais de Babylone. Il y avait notre pauvre Priuli qui est un de mes meilleurs amis, collectionneur de talent, et votre défection m'a forcé à me retrancher sur un homme que peut-être vous ne connaissez pas. Il s'agit de Demetrios Apenatos, un marchand grec d'antiquités en relation avec toutes les cours d'Italie et leurs chasseurs d'antiques. Un homme un peu carré mais expert en statuaire, chanceux ou fin limier : il semble qu'il lui suffise de faire un trou dans le sol de la Grèce pour qu'en sortent des merveilles. Avec moi donc, cela faisait quatre. Quant aux femmes, je veillai à les assortir de la meilleure façon…

– Comme vous savez assortir les mets et les vins.

– Ce sont des arts jumeaux, mon cher. Ser Tebaldeo fut charmé de rencontrer Lucetta, une florentine aimant la poésie, composant des poèmes élégiaques, belle et cultivée autant qu'une femme peut l'être. Notre ami Priuli avait un penchant pour Elena du casìn de la Driza. Une femme originaire du

Frioul qui parle avec un joli accent tudesque mais a la peau blanche et une flamboyante crinière couleur de flamme vive. Notre limier grec avait fait main basse sur Metaxa, la belle grecque de chez la Cortina, à moins que ce soit l'inverse. Quant à moi, après avoir satisfait mes amis, il eût été mal venu de m'accorder une part moindre et vous savez que seule Laura peut à Venise joindre au plus haut degré les plaisirs de l'esprit à ceux des sens.

– Certes, dit Aurelio en frémissant imperceptiblement.

Il avait donc bien fait de trouver un prétexte pour se faire excuser. Il savait que dans ces dîners, les attributions n'étaient pas exclusives et il était bien aise d'avoir échappé au risque d'avoir le charmant Marcello pour rival. Il est des hommes dont on ne veut être l'ennemi et la présence des femmes qui ne peuvent avoir d'ennemis compliquent la vie des hommes. Bref, il y avait Laura. Tôt ou tard, il faudrait la convoquer, l'interroger, se mettre sous le feu de son regard. Laura, c'était une histoire à double fond, un terrain mouvant où il fallait avancer avec prudence, surtout si on est l'intraitable Grand Chancelier de la République doublé de Nicolò Aurelio qui succombe au charme redoutable de Laura.

– Et quelle merveille avez-vous montré cette fois-ci qui entre dans votre cabinet secret ?

Marcello s'épanouit tout entier en un large sourire :

– Un Priape, mon ami ! Un adorable Priape en bronze de facture exquise. Non point une amulette, ni même une statue votive, mais une statue de belle taille qui servait aux cultes thérapeutiques pratiqués dans le Hiéron d'Épidaure où la médecine s'associait à la magie et au travail de l'âme. Enfin, vous savez cela : il servait à éloigner le mauvais œil et réaliser les souhaits.

– Vous n'êtes pas en manque de cela, Girolamo, plaisanta Aurelio un peu plus aigre-doux qu'il ne l'aurait souhaité. Mais Marcello était lancé sur ce qui faisait sa passion :

– Une pièce de toute beauté que m'envia aussitôt Tebaldeo, lequel affirma que c'était le genre de pièce dont Alfonso d'Este était friand et que le Duc serait prêt à me la racheter une fortune afin d'en garnir la collection qu'il se constitue à Ferrare. Ah, nous eûmes une belle conversation d'experts avec Ser Demetrios Apenatos ! Et comme j'aurais aimé que vous fussiez présent avec toute votre science des temps antiques ! On m'avait aussi proposé des pièces de monnaie à l'effigie d'Asklépios…

Aurelio assistait au jaillissement d'enthousiasme, tout en imaginant l'effigie de Laura sculptée en Aphrodite à l'entrée du temple de ses désirs.

Le lendemain matin, il convoqua Mosca dans son bureau à la chancellerie. Les deux hommes s'appréciaient mutuellement pour des raisons diverses que des enquêtes antérieures avaient mis au jour et il n'était plus question entre eux de longs préambules.

– Excellence, dit Mosca d'un air de conspirateur, comme vous l'aviez suggéré, nous avons profité de ce que tout le monde était à l'église pour procéder à une fouille complète des appartements privés de la Signora Priula. Oh, elle conservait des documents, des notes de fournisseurs, des comptes de ménage, des lettres de sa famille... Elle se fait tailler des robes chez Tessi, fait venir son linge de Burano et ses onguents de beauté viennent de l'officine de Ser Erbabuona. Elle reçoit de Florence des nouvelles de ses neveux et des plaintes sur la cherté de la vie. On ne peut pas être plus banal. Pas l'ombre des papiers que nous cherchons.

– Et ses coffres à linge? On ne cache pas des documents du genre de ceux que nous cherchons dans un meuble secrétaire.

– Ah ! Ne me parlez pas des coffres à linge ! s'écria Mosca en ouvrant des bras de Saint François en extase. Quelle abondance ! Que de merveilles ! Que d'accessoires ensorceleurs ! Ah, Ser Priuli, Dieu ait son âme, ne devait pas trouver morose la vie terrestre !

Les yeux saillants de Mosca semblaient contempler les cieux ouverts. Il énumérait les étoiles :

– Et les tables de toilette : des peignes, des brosses, des fioles de cristal taillé et un coffret à onguents en bois de santal incrusté de fleurs de nacre... Mais pas un seul papier, dit-il en retombant durement sur le sol de pierre noire. Pas un seul papier dans tout cela, ni dans les ciels de lit, ni dans les paniers à tapisserie. Tout d'une innocence parfaite.

– Et, les salons, les collections, *per Bacco,* s'impatientait Aurelio.

– Que de vases, de statues creuses, de dos de tableaux, de revers de tapisseries ! Mais rien, vraiment rien qui ressemble à ce que nous cherchons.

– Si bien que Donna Priula semble hors de cause, gronda le Chancelier.

– Voilà exactement ce qu'il faut conclure, Excellence, dit Mosca en secouant la tête d'un air désespéré.

Aurelio faisait la grise mine. Non qu'il fût profondément déçu d'avoir fait chou blanc, mais il avait horreur de ce « nous » qu'employait Mosca quand ils étaient tous deux immergés dans la même affaire ; cela impliquait désagréablement une égalité hiérarchique et intellectuelle tout à fait déplacée.

– De mon côté, dit Aurelio, j'ai assisté à l'ouverture publique du testament. C'est un testament tout à fait normal. La dot rendue, la partie des biens dont les époux jouissaient en commun restant à la femme, le reste, puisqu'il n'y a point d'héritier direct, dévolu à la famille, frère et neveux, tout cela est normal. La femme ne sera point dans le besoin, puisqu'elle retrouve sa fortune personnelle et reçoit le palais, ce qui évitera de bouleverser sa vie. Je crois que ses rapports avec la famille Priuli ne sont pas mauvais, quoique l'absence d'héritier fasse qu'elle n'a désormais plus de comptes à lui rendre. Ah, si tous les décès pouvaient avoir des conséquences aussi pacifiques sur le plan matériel, on verrait moins d'inimitiés empoisonner la vie des gens.

– Mais ce poison…

– Le Capitanio Marcello m'a énuméré les services de son souper. Eh bien savez-vous, Mosca, j'en suis à penser que Ser Priuli s'est vraiment étouffé d'une intempérance du ventre.

– Oh, Excellence, Ser Butiron…

– Je sais, je sais, Mosca, je plaisantais. Bon. Ce que j'ai obtenu du Capitanio, ce n'est pas seulement la liste des services de son dîner ; c'est la liste de ses invités, et la voici, dit-il en lui tendant le papier où se trouvaient écrits les noms. Quatre hommes, quatre courtisanes. Je veux tout savoir sur ces personnages et principalement sur ce Demetrios Apenatos qui vient de loin. Il ne faut jamais venir de loin, lorsqu'un homme avec qui l'on a dîné meurt empoisonné. Faites parler les valets, les gondoliers, comme vous savez le faire, sans oublier que pour tout le monde, Ser Priuli est mort d'un flux de ventre. Bref, dites-moi tout ce que je dois savoir de ces messieurs avant que je les rencontre, car j'ai l'intention de les rencontrer tous les quatre.

– Quoique Ser Priuli…

– Pas d'humour, Mosca, j'ai dit trois. Mais cela ne nous évite pas de cerner aussi Ser Priuli en faisant parler son domestique. Dieu sait quel secret Ser Pietro a emporté dans sa tombe. Quant aux courtisanes…

Aurelio savait que la police vénitienne connaissait beaucoup de choses sur les courtisanes et que celles-ci, pour conserver leur liberté d'action, n'hésitaient pas à répondre aux questions les plus saugrenues. Les plus en vue de ces dames étaient même des agents secrets au service de la Sérénissime. Il suffisait de vérifier leurs accointances, se faire nommer leurs visiteurs, et surtout, comme le dit Aurelio :

– Elles apporteront un autre éclairage sur ce maudit souper.

– Elles nous aideront à savoir quelles questions poser aux hommes, renchérit Mosca.

Aurelio apprécia la remarque, qui fit passer la présence obsédante du « nous ». Mais Mosca poursuivait son monologue :

– Oh, pour ça, vous pouvez compter sur moi. Bavardes comme elles sont, il vous suffit d'un peu de patience pour les écouter jusqu'au bout, mais en faisant le tri, on peut savoir bien des choses. Et puis savoir ce qu'elles savent, c'est souvent bien utile avant de tirer les vers du nez aux hommes.

Il imitait en cela quelques leçons de stratégie que lui avait données son mentor. Mais lui les débitait sur le ton du prêtre à confesse et d'un air si pénétré qu'Aurelio se mit à sourire en se tirant des poils de barbe pour faire semblant de souffrir.

– Vous avez raison, Mosca, c'est un plaisir de travailler avec vous conclut-il olympien.

Mosca revint au bout d'une première campagne de pêche. Aurelio le vit s'accommoder posément dans un fauteuil, le petit homme noir revenait visiblement chargé de bonne marchandise. Aurelio s'installa aussi, car il connaissait les dons de comédien du sbire et les fleurs de rhétorique dont il agrémentait ses récits. Il s'imposait la patience et attendait l'ouverture du spectacle. Et pour commencer, le sbire écartait les bras, non à la manière du Saint François de Bellini, mais à l'image de celui qui vient de gagner gros au *loto d'arzento* :

– Vivent les belles tudesques, Excellence. L'abondance de leur chair fait qu'elles tiennent admirablement la boisson. Elles sont sérieuses, franches, carrées, directes. À toute question, réponse sans détour et point de coquetterie devant l'autorité de l'État. Grâces soient rendues à Elena. Or voici comment les choses se sont passées lors de ce souper. Les convives étaient tous présents à l'heure dite, soit au coucher du soleil, comme le veut la coutume. On fit les présentations, les compliments, les embrassades, après quoi un premier vin fut servi dans la grande galerie où le Capitanio rassemble l'essentiel de sa collection. Chacun parcourt la galerie à son gré, soit en compagnie du maître des cérémonies qui commente ce qu'il donne à voir, soit seul ou ayant choisi un ou deux compagnons ou compagnes. Et la collection, Excellence, est une chose stupéfiante. Il y a des vases grands comme des outres ; des tableaux, des marbres…

– Je sais, Mosca. Passons, je vous prie.

Aurelio connaissait mieux que quiconque les merveilles que l'esthète accumulait depuis des années et pour lesquelles lui-même était appelé à apporter ses lumières.

– Lorsque l'on passe à table, poursuivait le sbire, les femmes se placent entre chaque convive mais se lèvent souvent pour servir les mets et le vin, jouer de la musique, réciter de la poésie, danser. Le joli métier que de vivre de fêtes et de festins ! C'est pour ça que la plupart sont grasses, car à ce régime...

— Et la conversation. N'oubliez pas l'art de la conversation. De quoi a-t-on parlé ?

— De voyages, tout d'abord, cela va sans dire. Tous ces messieurs étaient des voyageurs. De leurs rencontres à Constantinople, au Pirée, à Candie, à Chypre...

— Il y avait un marchand grec parmi les convives.

— Justement, le marchand grec se trouva un moment donné au centre d'une contestation animée dont j'eus du mal à saisir l'enjeu à travers les dires d'Elena. Il m'a semblé comprendre qu'il s'agissait d'une contestation à propos d'un vase semblable à un autre vu ailleurs... (comme si tous les vases ne se ressemblaient pas !) Toutefois, les femmes, entendant venir la dispute, se mirent à entonner ensemble un rondeau qui coupa court aux discussions et ce qu'Elena me dit sur la fin du repas fut plus clair : c'était une parodelle au fromage de chèvre et au miel de lavande (j'en raffole, voyez-vous, et j'en possède la meilleure recette de Venise. Si vous voulez, je vous la donne) et elle me donna une idée de préparation qui me surprit tellement que, sans mentir, je me suis réveillé ce matin avec le goût du miel dans la bouche.

Pour son malheur à lui et le sien, se dit Aurelio, Mosca se mettait parfois à imaginer tellement ce qu'il disait qu'il finissait par le vivre pour de vrai. Que serait-ce pour la suite de ce qu'il avait à raconter ?

– Ensuite, on passa à autre chose, suggéra Aurelio devant Mosca dont les pensées déviaient dangereusement.

– Exact. À l'empire d'Éros, comme on dit. Et j'y viens. Le Capitanio invita à passer dans un cabinet où il serrait ses collections secrètes. Vous m'entendez. On s'extasia, on récita des poèmes de Maestro Aretino et on montra des gravures de Scarfati qui, ajoutées aux viandes et au vin, mirent ces messieurs en train. On ouvrit un appartement surnommé « le sérail » et c'est là que, comme le dit l'Aretino, les puttane de Rome, en ôtant les vêtements de leurs victimes, leur visitent les poches, mais chez nous, les *cortegiane oneste* ayant de la tenue, cela ne se passa pas.

– Dommage, on y aurait peut-être trouvé des feuillets intéressants, Mosca. Y avez-vous pensé ?

– Excellence, c'est pour ça que je vous en parle, rétorqua Mosca avec importance. Car je tâchai de savoir qui avait traité Ser Priuli. Elena me dit l'avoir aidé à retrouver sa décence. Et elle ne se souvient pas avoir trouvé dans ses vêtements rien qui ressemblât à un document. Mais… cela ne prouve encore rien, je le crains.

– Et qui lui avait ôté sa décence, pour reprendre vos termes ?

– Je crains que ce soit Laura, Excellence, dit Mosca avec une soudaine réticence.

– Pas de craintes, Mosca, des certitudes. Laura s'est donc retrouvée en aparté avec Priuli, ponctue le Chancelier.

– D'après Elena, il semble que oui. Il y aurait même eu une compétition entre Laura et Lucetta autour de Ser Priuli. Laura l'aurait emporté et n'aurait cédé sa place à Elena que bien plus tard.

– Que sait-on, au sujet d'Elena ? Ses accointances…

– Elle appartient au casìn de la Driza, qui, pour être proche du Fondaco de'Tedeschi, reçoit, comme vous le savez, beaucoup de marchands allemands.

– Qui sont surveillés et connus, compléta Aurelio. Mais poursuivez.

– Passons à Metaxa, la grande jument grecque de chez la Cortina. Selon Elena, elle n'avait d'attentions que pour Demetrios et ils ne se sont quasiment pas quittés de toute la soirée. On me l'a décrite comme une tigresse qui traitait à coups de griffe tout ce qui s'approchait de sa proie, à qui elle prodiguait les dernières douceurs. Ce fut d'ailleurs elle qui, le voyant contrarié durant le repas, par une phrase de Ser Priuli, entama le rondeau, ce qui est un signal convenu entre les courtisanes, dès que s'approche quelque risque de querelle. Oh, mon interrogatoire de Metaxa ne donna rien d'intéressant, sinon que Ser Apenatos lui aurait promis de l'épouser. Mais je lui promets bien du plaisir, à Ser Apenatos, le jour où il voudra s'en défaire. Bah, me direz-vous, les hommes, avec les femmes, font leur propre malheur, comme disait un ami qui…

– La suivante ? lança Aurelio en fronçant le sourcil.

– Quand je vous parlais de malheur, je pensais justement à la Lucetta. Santa Madonna, quelle

45

hauteur ! Cette courtisane indépendante nous vient de Florence où elle a fait parler d'elle voici un an mais a déplu aux Médicis. Ser Tebaldeo, qui l'avait rencontrée en cette ville, l'a voulue pour voisine de table. Et l'on nous assure qu'ils n'ont pas seulement parlé de poésie. La belle a son jour de réception où elle choisit son monde –Mosca comptait sur ses doigts–: le lundi, Gabriele Vendramin ; le mardi, Marco Molino ; le mercredi, Taddeo Contarini, ami de celui du lundi ; le vendredi, Vincenzo Tiepolo, parce qu'il observe le jeûne ; le samedi, Andrea Labia, parce qu'il ne va pas au Grand Conseil le lendemain matin ; le dimanche, jour du Seigneur, un évêque, pour la confession.

– Et le jeudi ?

– Eh, le jeudi, justement, Ser Girolamo Marcello, quand ses galères marchandes sont à l'arsenal. Voilà comment, ayant accepté de dîner chez le Capitanio ce soir-là, elle se trouva en compagnie, ce qui se passe aussi tous les jours qu'elle reçoit chez elle. Seulement voilà, quand elle reçoit chez elle, elle prend soin de laisser quelques menus morceaux aux hommes dont ce n'est pas le jour ou qu'elle n'a pas l'intention de choisir pour l'après-souper. Or, chez le Capitanio, la Laura était de la partie. Après la compétition autour de Ser Priuli, soit la Lucetta se rabattit sur l'homme de Ferrare soit l'homme de Ferrare entreprit la Lucetta, je ne sais. En tout cas, c'est sur une réflexion de Lucetta que la conversation s'envenima autour d'un vase vieux de cinq cents ans avant la naissance du Christ et fourni par le Grec.

– Que reprochait-on au Grec ?

Mosca leva les bras au ciel en soupirant. Cette fois, il mimait le Saint Pierre martyr. Revivait-il le fastidieux interrogatoire ? Les incompréhensibles chicanes de collectionneurs l'exaspéraient-elles, à moins que ce soient les chicanes entre femmes ?

– Nous le saurons peut-être en interrogeant la Laura, Excellence. Il m'a semblé –je dis bien semblé– comprendre qu'il y avait contestation à propos d'un critère dont il demandait trop cher. Un critère ! Du diable si je comprends ces messieurs les collectionneurs. Un critère peut-il être de grande taille ? Qu'un critère – j'entends un principe– soit sans défaut, sans une égratignure, qu'aucun principe n'ait pu traverser tant de siècles, de mers et d'usages sans subir l'épreuve du temps, soit, je veux bien le comprendre. Mais comment peut-on envisager une rareté de principe, et payer une fortune un critère de grande taille ?

– Un cratère, Mosca. Un cratère est un vase, dit tranquillement Aurelio.

La foudre tombée sur Mosca ne lui aurait pas laissé le visage moins stupéfait, les yeux moins ronds.

– Du moins je le suppose, ajouta Aurelio par délicatesse. Ces dames ont dû vous induire en erreur. Ce n'est pas grave. Vous voyez par là qu'un point qui peut paraître obscur aux uns s'explique aux autres. Cela n'enlève rien à la qualité de votre travail, Mosca. Rassurez-vous, je suis très content de ce que vous me rapportez.

Mosca se rassurait lentement. Il fallait amortir le coup que venait de recevoir son amour propre car il était de ceux qui mettent leur orgueil à se voir félicité par un chef qu'ils admirent. Leur entente avait commencé sur un mot bien placé. Le sort se décide parfois sur un rien.

– Donc, reprit posément Aurelio, avec qui était Ser Priuli quand il commença à se sentir mal ?

– Avec Elena, Excellence. Elle venait depuis peu de remplacer Laura à ses côtés quand Ser Priuli devenu pâle la pria d'appeler son gondolier, puis elle l'aida à enfiler son pourpoint pour prendre congé.

– Et Laura ?

– Je n'ai pas eu le temps de la questionner. Ah ! Vous n'imaginez pas combien il est pénible d'interroger des dames dont les propos dévient sans cesse sur des considérations de leur profession et non de la vôtre. Pour confirmer leurs dires, pendant que je les interrogeais ici, je faisais visiter leurs appartements. Mais mes sbires n'y ont trouvé qu'affûtiaux de donzelles et rien de suspect.

– Avez-vous questionné le domestique des quatre hommes ?

– Point encore, mais cela est dans mes plans. J'ai pensé utile de vous apporter d'abord quelques échos de cette soirée maudite.

Tout en approuvant du chef, Aurelio s'enfermait dans ses pensées.

– Bien. Merci, Mosca, dit-il enfin. Laissez-moi réfléchir à ce que vous m'avez apporté. Il faut que je me la figure, cette soirée, avant d'interroger Laura. Convoquez-la, je vous prie, pour demain matin.

— C'est déjà fait, Excellence. Souhaitez-vous que je vous l'envoie ?

— Oui, sans doute, fit Aurelio qui n'avait jamais pensé qu'il pût en être autrement.

Car il était essentiel de décider lui-même ce qu'il laisserait percer d'officiel dans les déclarations de Laura.

4 : LAURA

Pour Aurelio, il était surtout essentiel de décider lui-même ce qu'il laisserait percer aux yeux de Laura de ses combats intimes. Laura, pour lui, était une énigme, un chagrin, une blessure. Tout, sauf une simple courtisane. Car Laura Bagarotto, la fille du professeur à l'université de Padoue, était à l'origine une victime de la guerre.

Quand en 1509, Padoue fut occupée par les Autrichiens, les autorités de la ville assurèrent la survie des citoyens tandis que l'université y vit l'occasion de se libérer de la tutelle de Venise. Un an plus tard, le Provéditeur Andrea Gritti reprenait la ville, y organisait une répression sanglante, emprisonnait ses notables. Nicolò Aurelio, comme secrétaire du Conseil des Dix, rédigea et signa de sa main les ordres de pendaison. La fille du professeur, jeune épouse du noble Francesco Borromeo, fut convoquée au pied du gibet de son père et de son mari, dessaisie de ses biens et emmenée à Venise comme butin de guerre. Qu'elle échoue dans un bordel de luxe substituait pour elle une misère à une autre, mais elle survivait.

– Avec quelle rage au ventre ! martelait le Provéditeur Gritti. Cette femme, à la place qu'elle occupe, est en mesure de se venger de nous !

C'était d'autant plus vraisemblable que le casìn d'Anna Cortina recevait le gratin de la noblesse vénitienne. De plus, le hasard la mit en présence d'un réfugié Padouan : le peintre Paolo Scarfati, un ami d'enfance devenu l'amant de cœur de la courtisane, un peintre sans atelier qui vivotait en transportant ses pinceaux dans les palais de Venise et en vendant sous le manteau des gravures licencieuses. On disait qu'il ne manquait pas de talent, mais il restait dans l'ombre, prêtait sa main aux grands ateliers comme celui de Giovanni Bellini.

Le Conseil des Dix, ou du moins les trois redoutables Inquisiteurs aux pouvoirs si étendus, auraient facilement pu écouter les avertissements de Provéditeur Gritti et éliminer la jeune femme. Les couvents, les lazarets et la lagune elle-même regorgeaient de ces pauvres âmes vouées à l'oubli. Mais c'était compter sans la fête de *capodanno* qui mit le Grand Chancelier en présence de Laura. Laura, éclatante d'une extraordinaire beauté, Laura, qui venait de donner le divertissement littéraire et savant qui avait charmé la société de Venise, Laura qui avait donné en latin la réplique au Doge, Laura auréolée de son passé, de sa misère, de son prestige sulfureux de courtisane, Laura parée de la saveur inégalable du fruit défendu. De ce jour, Nicolò Aurelio perdit une partie de sa liberté d'esprit.

Laura lui apparaissait en rêve avec ses traits de Vénus antique. Pour cet esthète sensuel, féru d'Antiquité, les formes fluides de la jeune femme, l'élégance de ses attitudes, sa peau de lait se comparaient aux marbres de Praxitèle ; sa voix de sirène, ses cheveux de cuivre et ses grands yeux de miel sombre agissaient sur ses sens comme le visage fascinant de la Gorgone, et quand ses lèvres s'écartaient comme les pétales de rose sur des dents de perles, il se remplissait de délices et d'alarmes mais s'étourdissait à l'idée d'étreindre cette belle déesse redoutable comme un jeune fauve, de jouir sans retenue de sa poésie, du charme de son image avant de se perdre dans sa chair.

Et sa chair, après bien des hésitations, il y avait goûté enfin. Il avait, l'espace d'une nuit, su ce qu'était que d'être un dieu de l'Olympe. Il y remontait, parfois, dans l'Olympe. Puis il redevenait un humain, plein de désirs et de tourments et il lui fallait faire effort pour revenir aux affaires de l'État qui réclamaient tout son talent.

Résumons-nous, se dit Aurelio : nous avons une compétition entre Laura et Lucetta autour de Priuli que, à tort ou à raison, elles considèrent comme un hôte important ; Lucetta perd la bataille et se replie sur Tebaldeo ; cette harpie avait déjà suscité une querelle, querelle que Metaxa avait aussitôt éteinte. Puis, Laura, maîtresse du jeu, cède Priuli à Elena pour se tourner sans doute vers Marcello. Bientôt

Priuli ressent les premiers effets du poison et demande à partir. Qui a versé le poison ? Difficile à savoir, lorsqu'un instant suffit. Qui voulait faire disparaître Priuli et pourquoi ? Quel était l'enjeu de la dispute ? Quel est, dans tout cela, le rôle des plans de Priuli ? Il devait les avoir sur lui, étant donné qu'il en restait un dans sa poche ; qu'a-t-il fait des autres ?

Un mouvement dans le fond de la salle des scribes fait lever les yeux au Chancelier. Par-delà la porte ouverte du bureau, au bout de la rangée des pupitres, des têtes qui se tournent, ondoie une tache bleue, bleue comme les madones de Bellini, de ce bleu profond comme la robe à l'antique qu'elle portait le jour de *capodanno*, ce bleu irrémédiablement associé à un long frémissement qui lui parcourait les entrailles chaque fois qu'il se matérialisait dans une étoffe en mouvement. Un petit mantelet de velours lui couvre les épaules, un petit chapeau de même tissu est posé sur ses boucles couleur de cuivre. Une aigrette bleue jaillit crânement d'un bijou scintillant : un L d'or pavé de petits rubis. Aurelio reconnaît le bijou qu'il lui avait offert avant leur première rencontre intime. Ah ! Sa démarche, presque une danse ; son port altier, le sourire de ses lèvres carminées,... Aurelio se laisse aller à la contemplation. Il s'avance à sa rencontre, la rejoint au seuil de son bureau, se courbe sur sa main pour y porter les lèvres, ferme le battant de la porte et laisse tomber la tenture.

— Vous m'avez appelée, Nicolò, me voilà, dit-elle avec simplicité en s'asseyant sur le bord du fauteuil qu'il lui tendait.

Lui rejoignait le sien, de l'autre côté de la grande table. Il donnait à ses gestes la lenteur nécessaire à initier le changement de ton qui s'imposait.

— Signora, je crains que l'entretien que nous allons avoir n'aie pas le charme de notre dernière conversation. Quoique vous ayez devant vous un ami indéfectible, cet ami se voit enchaîné par son devoir et forcé de gâcher les moments que vous lui consacrez. Enfin, nous sommes ici dans un lieu austère où un mot prononcé peut avoir des conséquences infinies.

— Je vous entends, Excellence. Qu'attend de moi la République ?

— Que vous répondiez à quelques questions concernant le souper que Ser Girolamo Marcello donna le soir de la San Mattio, il y a quelques jours à peine.

Pas un trait de son visage n'a bougé de sa ligne parfaite. Elle attend, docile. Il se concentre, se lance :

— Voici la première, quoique peut-être pas la plus importante : quel fut l'enjeu de la discussion assez vive qui opposa Ser Priuli à Ser Demetrios Apenatos, et à laquelle votre consœur Metaxa fit heureusement diversion ?

Aurelio l'a vue lever un sourcil.

— Ne soyez pas étonnée ; je suis toujours merveilleusement informé de ce qui se passe dans les maisons de Venise.

Mais elle avait décidé de ne pas s'émouvoir et de répondre uniment :

– C'était pendant le souper. Lucetta avait décidé de briller. Elle vantait outrageusement les collections du Duc de Ferrare, dont elle avait entendu parler. Ce n'était pas du meilleur goût, étant invitée chez le Capitanio. Ser Priuli fit remarquer que, toutes les merveilles d'Orient et de Grèce transitant par Venise, Alfonso d'Este ne recevait que ce que les Vénitiens voulaient bien lui céder, à l'exception des copies déterrées à Rome, bien entendu. Il ajouta que les Romains s'y connaissaient en copies, de même que certains Grecs, qui vendaient des statues antiques de fabrication récente au prix d'authentiques chefs d'œuvre de l'Antiquité. Demetrios démentit violemment mais Ser Priuli évoqua un cratère datant du temps de Périclès dont il avait aperçu chez Ser Michiel un exemplaire semblable au sien et il se réservait de les confronter prochainement. Ser Demetrios s'en étouffa dans son verre et se mit à blêmir en proférant un chapelet de protestations. C'était plutôt comique.

Aurelio écoutait, n'en pensait pas moins. Ces réunions de collectionneurs risquaient toujours de dégénérer, et voilà pourquoi il les évitait. Non seulement on n'y parlait pas de généralités, mais la passion s'y exprimait librement. Or, la passion est violente, exclusive, engendre la morgue, la suffisance, l'envie, ainsi que le pire et le plus dérisoire des vices : la jalousie. Non, Laura, je ne suis pas jaloux. Je ne vous considère pas comme ma propriété. Je prétends vous conquérir, susciter en vous le désir de venir librement vers moi… Aurelio, tu t'égares.

— Ser Priuli était-il venu au souper dans l'intention de faire une acquisition ?

— Pas que je sache, dit Laura après un instant de réflexion. Bien qu'il fût souvent question de valeurs, d'échanges et de transactions.

— Il n'avait sur lui aucun numéraire : bourse, documents, lettre de change…

— Une bourse mais aucun document, Excellence.

— Qu'est-ce qui vous permet d'être aussi affirmative ?

— Une chose triviale : dans le salon appelé le sérail, après le souper, il fut pris d'un léger hoquet et me pria d'aller lui chercher son mouchoir dans la poche de son pourpoint. Comme il ne m'avait rien précisé, je les fis toutes. Je n'y trouvai, outre le mouchoir, qu'une paire de gants et une bourse.

Aurelio cilla à peine.

— Erreur. Il y avait une lettre.

— Seulement une paire de gants et une bourse, répéta-t-elle avec assurance en secouant la tête.

Aurelio la fixa avec une insistance accrue. Il la fouillait de ses yeux gris aux pointes d'acier mais elle ne se laissait pas impressionner, répétant ce qu'elle venait de dire en élargissant simplement sa diction:

— Seulement une paire de gants et une bourse.

— Vous vous trompez, Laura.

— Pourquoi ne me croyez-vous pas ?

Elle levait joliment un sourcil en penchant la tête avec candeur :

– Se plaint-on qu'on lui ait dérobé quelque chose ? Ce serait une honte.

Les *cortegiane oneste* se faisaient une âpre concurrence mais elles savaient que se livrer au pillage des poches leur valait d'être rayées à jamais des listes qui faisaient leur succès et les premières à lyncher les indélicates seraient leurs compagnes. La chose lui semblait si impensable qu'elle ajouta :

– Qui aurait osé voler Ser Priuli !

Comme l'indignation était belle à voir sur son visage lisse : les sourcils à peine froncés, un rien de détachement, une douleur si légère... Il ne convient pas à une courtisane d'exprimer la douleur. Elles en paraissent irréelles, si éloignées des sentiments âpres que ressentent les humains, presque menteuses. Laura, vous me mentez. Vos paroles sont de la fausse candeur. Vous jouez un rôle, mais ne le faites pas avec moi.

– J'ai seulement besoin de savoir ce qui s'est passé durant cette maudite soirée, Laura, gronda Aurelio plus bourru qu'il ne l'aurait voulu. La mort de Ser Priuli a bouleversé trop de monde. J'ai besoin de votre aide, acheva-t-il avec sincérité.

– Mais j'ai bien compris ce que vous attendiez de moi, dit-elle avec un sourire devenu espiègle.

Elle se savait irrésistible, parée de ce sourire. Ce sourire qui pouvait la tirer de tous les mauvais pas. Cachait-elle quelque chose ou jouait-elle simplement la coquette ? Et, avec la même légèreté, elle poursuivait :

– J'ai appris à observer et à comprendre, Monsieur le Chancelier. Et je vais vous dire une chose que j'ai observée et que l'on n'a peut-être pas jugé bon de vous rapporter. Nous étions encore à table lorsque Ser Tebaldeo, se tournant subitement vers Ser Priuli, lui dit presque *sotto voce* dans le tumulte ambiant : « Allons, Messer Pietro, vous êtes-vous enfin décidé à faire cet échange ? » Ser Pietro, piqué au vif, abandonna la conversation qu'il avait engagée avec le Capitanio et répondit d'un air étrange : « Oui, je m'y suis enfin résolu ». À quoi Ser Tebaldeo répondit avec entrain : « Allons, ne faites pas cette tête-là ! Ce n'est pas le prix demandé qui grèvera votre fortune ! » J'ai vu Ser Priuli changer de visage. Subissait-il les premières atteintes du mal qui l'emporta ? Je ne sais. Mais il avait retrouvé une contenance normale quand nous entrâmes dans le cabinet secret de notre hôte.

Aurelio suivait les mots qui s'échappaient de la bouche rose, glissant avec cette souplesse languide du parler vénitien. Il notait. Il réfléchirait plus tard.

– À quel moment avez-vous remarqué que Ser Priuli se sentait mal ?

– Au moment que je viens de vous dire. Puis lorsque nous fûmes dans le sérail, quand je lui rapportai son mouchoir. Elena avait pris ma place.

– Vous avez donné le mouchoir à Elena et vous êtes allée rejoindre le Capitanio.

Elle sourit plus largement. Il lui en voulait de ressentir cette envie brutale de lui embrasser la bouche.

– Vous êtes redoutable, Excellence. Où vous cachiez-vous pour savoir tout cela ?

– Et le camée que vous portez au doigt est une bague à réservoir.

– C'est vrai. C'est la mode. Même les hommes en ont. Ser Demetrios avait un gros saphir ; Ser Tebaldeo, une agate. Le Capitanio, une magnifique lazulite pailletée d'or. Nous en avons toutes, en pendentif ou en bague. Mais la mienne ne contient point de poison ; seulement un peu de suc de valériane contre les maux de tête.

Pas de doute : elle en venait à le défier. L'exaspération d'Aurelio monta d'un cran lorsqu'elle ajouta, toujours mutine :

– Chercherait-on les causes de la mort de Ser Priuli ? Je puis vous dire que toutes les quatre, nous avons servi à boire à tous et que le tonnelet de vin était sur une crédence à l'écart de la table.

– Vous vous êtes précipitée sur Ser Priuli et avez écarté Lucetta pour prendre sa place.

Elle salua cette affirmation d'un hochement de tête respectueux mais sa lèvre avait son demi-sourire, résolument ironique.

– Si c'est Lucetta qui vous a fait cet aveu, elle doit être bien à plaindre.

Aurelio bouillonnait. Il n'y avait rien à tirer d'un tel entretien. C'était un gâchis. Aucun détail n'était venu éclairer d'un jour nouveau le déroulement des faits. Laura avait seulement percé ses intentions, deviné le nœud sur lequel il s'usait les ongles. Il se sentait sans gloire, dévêtu de son mystère, spolié de son autorité. Elle lui offrait son sourire suave, de commande, hypocrite, exaspérant. Elle devait savoir qu'il la protégerait. Il ne fallait pas qu'elle reparte avec ce sourire. Prenant une longue inspiration, il se leva pesamment, avouant sa fatigue mais surtout un parfait écœurement. Pour sortir dignement de ce mauvais pas, il fallait un ton sans réplique :

— Laura, je vous rappelle que ce bureau n'est pas le sérail du Capitanio Marcello, ni le casín d'Anna Cortina. On n'y joue pas aux mêmes jeux et on n'y rencontre pas les mêmes gens. Si je vous ai fait la grâce de vous recevoir seul, sachez que dans ces murs qui nous entourent, je ne suis pas seul.

Il se dirigeait vers la porte, elle s'était levée, il lui tenait le battant ouvert.

— Et vous moins que personne, acheva-t-il en s'inclinant avec raideur.

Elle l'obligea à rester incliné un instant de trop. Elle se raidissait aussi devant le front obstinément baissé et la politesse exagérée de l'homme qui la priait de s'en aller. Celui-ci, en regardant ses pieds, entendit seulement la voix nette :

— Excellence, c'est la première leçon qu'on me donna quand j'arrivai en cette ville.

Le frou-frou de la robe s'éloignant lui signala qu'il pouvait refermer la porte.

En revenant à son Bureau, Aurelio se sentait frémir d'une chaude rage qui lui battait les tempes et lui picotait les oreilles. Cette femme avait toujours le dernier mot jusque dans les jeux de l'amour où elle réussissait à le surprendre ! Pour punir l'impertinente, il s'en prit violemment au fauteuil qu'elle avait occupé et ne s'approcha pas de la fenêtre pour contempler un instant son pas léger sur le pavé de la cour, comme il le faisait les quelques fois où elle venait dans son bureau lui répéter les indiscrétions de quelque ambassadeur étranger. Aurelio, cette femme te prend pour un imbécile et la peste soit de la coquette. Elle ment : il y avait un feuillet dans la poche de Priuli. Un seul feuillet demeuré dans cette poche après qu'une main pressée en eût extrait les autres d'un geste vif et mal assuré. Un geste furtif de traître.

On ne se rend pas à une partie comme celle-là, où les vêtements pèsent si peu, avec des documents importants dans la poche, à moins que ce ne soit pour les donner. Les donner ? Priuli n'était pas fou : il les prêtait pour qu'on en fasse des copies. Mais un homme qui prête de tels plans peut avoir des remords, tenter de réparer son crime, se confesser à un prêtre ou à un inquisiteur –comme le fit ce pauvre Contarini– et dès lors, on se rappelle que seuls les morts ne parlent pas. Le destinataire des plans est l'assassin.

Les plans ont donc séjourné chez Marcello. À quel moment ? On ne garde pas longtemps dans ses poches un objet aussi brûlant. Vite, dès le début de la soirée, ils sont retirés de la poche et déposés dans le salon où l'on se trouve : le salon des collections. Et il y a tant de vases antiques, dans ce salon de Marcello ! Là, quelqu'un viendra les prendre. Qui ? Quand ? L'un des convives peut s'en emparer le soir même, avant de quitter la maison. À moins qu'une autre main, guidée par un complice qui n'est peut-être pas présent ce soir-là, mais qui connaît les lieux, vienne s'en emparer un autre jour, pas trop éloigné.

Aurelio saisit d'une feuille vierge, trempa sa plume, écrivit : « Marcello : fouiller le salon de ses collections. Vases. / Quels visiteurs, les jours suivant le souper ? »

Ayant décidé, recommencé à penser, commencé à agir en définissant la tâche prochaine de Mosca, il envisagea avec plus de sérénité le témoignage de Laura. Que signifiait cet aparté entre Tebaldeo et Priuli et quel était l'objet de l'*échange* ? On soupçonnait Tebaldeo d'avoir eu des tendresses pour la Duchesse Lucrèce, mais il faisait surtout partie de la cour du Duc d'Este, Alfonso, expert en artillerie et constructeur des canons qu'à l'instigation du Pape, le Duc pointait sur Venise depuis Fusina. Fusina située dans les terres basses inondables, Fusina la marécageuse, qui devait faire l'objet de l'un des plans de Ser Priuli. Et Ser Priuli s'était *enfin résolu à l'échange*. L'échange de quoi ? Aurelio ajouta au texte du feuillet : « Tebaldeo : espion ?/ ses voyages / qui rencontre-t-il à Venise ? »

Le témoignage de Laura donnait aussi le fin mot de la querelle autour de Demetrios. Une querelle sans importance qui finissait en chansons. En apparence. Car si le marchand Démétrios avait pâli en se récriant devant les propos de Ser Priuli, peut-être sentait-il là une menace réelle qui pût ruiner sa réputation. Des plaintes pour faux, il en arrive souvent aux Quaranties criminelles. Généralement, elles se traitent par la corde, les pozzi, et se punissent d'un œil crevé ou d'une amende colossale. Puis la ruine du commerce. Voilà qui ne dit pas où sont passés les documents, mais qui explique amplement que le gros saphir que Ser Demetrios porte au doigt se soulève subrepticement au-dessus du verre de Ser Priuli. Aurelio nota sur le feuillet : « Demetrios Apenatos :   Faussaire ? Activités   /   spécialités   / relations »

Restait Priuli. Mais Priuli était un patricien au-delà de tout soupçon. Un pur. Toutefois, quelles étaient ses relations avec Tebaldeo, avec Apenatos ? Et quelles étaient ses relations avec les courtisanes ? Se pouvait-il que ce *Savio* trahît ? Pour quel motif, quelle passion ? Pour un objet de collection ? Pour une femme ? Pour Laura ? Eh, Aurelio, toi-même, en protégeant Laura, n'es-tu pas en train de trahir ta patrie pour la fille d'un traître, pour une femme dans laquelle un esprit plus sain que le tien verrait une ennemie sournoise décidée à venger la mort de son père ? Mais rejetant ces pensées, Aurelio, dont la main se refusait d'écrire « Traître ? », se contenta de noter : « Priuli : relations / dernières rencontres. »

Et Laura ? insistait au fond de son crâne une voix timide et irritante. Mais Laura était un puits de mystère. Déchirer les voiles de Laura, c'était s'avouer coupable, c'était se mettre soi-même à la question, sinon mettre à nu toute la ville. *Il y avait seulement une paire de gants et une bourse*, répétait dans sa tête la voix légère, insistante de Laura.

Laura, vous vous trompez.

5 : QUESTIONS D'ÉCHANGE

Maestro Bellini occupait à Venise un vaste atelier en forme de nef d'église. D'immenses retables adossés aux hauts murs laissaient entrevoir leurs madones pensives, leurs saints en extase, leurs évêques en prière derrière leurs échafaudages de bois. Dans le fond, la tribune aux dessins et esquisses était toujours occupée par quelques jeunes élèves. Un clair soleil de fin de matinée baignait cet espace recueilli où seulement s'entendaient les crissements des brosses sur les toiles apprêtées, le choc rythmé du pilon dans un mortier de bois, quelques murmures épars.

Aurelio, en poussant la porte, fut accueilli par cette rumeur discrète et par l'odeur pénétrante de l'essence de térébinthe. Il s'avança dans la nef. Sa qualité d'esthète, doublée de sa fonction de secrétaire du Conseil des Dix distribuant les offices et les commandes, faisaient de tous les ateliers de la ville sa promenade favorite. Il y connaissait son monde, encourageait les talents, y nouait des relations. Il avait admiré Giorgione, découvert Titien, suivait de semaine en semaine l'évolution des toiles, assistait à la naissance des chefs d'œuvre.

Aucun atelier ne lui offrait plus de plaisir que celui de Maestro Bellini, parce que l'espace y était large, la lumière abondante, l'ambiance studieuse, le vin savoureux, et que, sous le regard rassurant des madones, il était accueilli par l'aimable Maestro, vieil homme plein de bonté, d'un commerce agréable, avec qui il partageait une mutuelle estime. Il aimait entrer à pas de loup, s'imprégner de tout ce qui faisait l'originalité de l'atelier de Maestro Bellini : le silence relatif et le murmure du maître qui donnait sa leçon aux apprentis. Il s'arrêta, car cette voix venait de derrière un chevalet, et il tendit l'oreille :

– Vois-tu, Antonio, il faut que ton personnage ait une cohérence. Tu ne peux pas mettre ce drapé raide et régulier sur ce visage pulpeux. Vois cette peau veloutée, toute en nuances de tons chair et sans un seul trait pour le définir. Assouplis ton pinceau, Tonio. Ne dessine pas, aucune ligne ne souligne les variations de la lumière.

– Cependant, Maestro, votre frère Gentile…

Le rire du Maestro était plein d'indulgence.

– Laisse donc Gentile, il travaillait selon la tradition, Tonio. Crois-moi, prends plutôt exemple sur Giorgione et fais-moi vivre ce drapé. Allons, travaille et observe. Montre que tu sais peindre.

Le Maestro émergea de derrière le chevalet. Aurelio aima aussitôt son geste marquant l'heureuse surprise, ses beaux traits de vieil homme étirés dans une expression d'intense jubilation.

– Excellence ! Ah, quel plaisir de vous voir… !

Aurelio lui prit les mains, répondit à l'accueil avec le respect familier habituel. Il passait par là…

En réalité, il s'était fait précéder d'un message sur papier de chancellerie, priant le peintre d'organiser en son atelier une rencontre parfaitement fortuite avec Ser Tebaldeo. Au Maestro, il pouvait demander de menus services sans que celui-ci tentât d'en percer les raisons, chacun son métier. Un billet était reparti, donnant le jour et l'heure. Et le Maestro, en bon Vénitien, jouait parfaitement la surprise et tournait le compliment autour de cette idée centrale.

– Je vous écoutais prodiguer vos conseils, Maestro. Ce doit être un bonheur que d'être votre élève.

– Ah, Excellence, je suis arrivé à un âge où l'on s'aperçoit que les conseils que l'on donne sont toujours les mêmes. Observer, s'inspirer de la nature…

– Et à chacune de mes visites, une toile de plus est sur chevalet.

– Il le faut bien. Comment cesser de peindre. Et pourtant, l'âge vient aussi, le dos a perdu sa souplesse, les doigts se raidissent…

Aurelio entendait, mais se remplissait les yeux. Le temps, pour lui, était suspendu. Il interrogeait les regards esquissés derrière des voiles d'enduits encore blanchâtres ou crus, attendant les ombres adoucies du soir. Les drapés tombaient en lourds plis soyeux. Les ciels se remplissaient de nuages roses et les paysages s'assoupissaient dans une tendre quiétude. Aurelio flottait si doucement dans cet univers suave que le claquement de la porte le fit sursauter. Cela l'aida à jouer la surprise devant Antonio Tebaldeo.

Le ferrarais était vêtu d'un ample manteau noir dont dépassait une chemise de lin un peu froissée. Un nez puissant émergeait d'un amas de barbe. Il avait le sourcil asymétrique, l'un des deux tombant bas sur un regard morne et le front raccourci par un immense bonnet pointu à large revers. L'ensemble laissait une impression de tristesse modérée par l'activité intellectuelle qu'attestait le regard plus pénétrant de son œil droit. Aurelio avait déjà rencontré le personnage, sans toutefois lui parler. Il semblait qu'il triturât indéfiniment dans sa tête quelque rime italienne ou quelque vers latin devant exprimer avec justesse une subtile comparaison entre les sentiments et les fleurs. Il avait éreinté successivement la marquise de Mantoue et son fils. En ce moment, il imposait ses églogues à la Duchesse de Ferrare, la belle Lucrèce, qui terminait dans la forteresse de cette ville sa carrière de jolie femme au service des ambitions trépassées des Borgia. Aurelio ressentit intensément les courants de tristesse qui émanaient de cet homme tandis qu'il laissait Giovanni Bellini faire les présentations dans les formes.

— J'ai souvent entendu parler de vous, Messer, dit Aurelio. Votre réputation d'humaniste et de poète vous précède dans vos voyages à travers l'Italie. Et vous avez trouvé à Ferrare, votre ville natale, la cour raffinée qui sait apprécier votre talent.

Maestro Bellini savait d'instinct où interrompre une ligne pour en souligner la valeur, ou un discours, pour laisser sonner les mots. Il choisit donc cet instant pour faire asseoir ses visiteurs inattendus et faire apparaître le plateau qu'il leur avait préparé. La carafe de Murano contenait un vin ambré que l'on savoura à petites gorgées dans des verres finement ciselés. Le temps se suspendit encore, on parla vins de Malvoisie, contenu des convois de commerce et bonheur de vivre à Venise. Tebaldeo brisa le moment d'extase.

– Ah, Seigneur Aurelio, mes voyages m'ont fait voir une Italie bien malheureuse et bien divisée. Le vénéré Pétrarque espérait le Messie qui en ferait l'unité, et nous, hommes de lettres, sommes les ennemis des condottieri qui lèvent les armées italiennes pour combattre les Italiens. Nos armes à nous sont la langue ; notre trésor, le souvenir de l'Antiquité ; notre foi et notre espérance sont le fourrage de nos chevaux qui piétinent l'ignorance. Sur notre champ de bataille, nous tentons de forger une langue commune...

Maestro Bellini imaginait une fresque représentant un champ de bataille avec chevaux, soldats et condottieri bombardant l'ennemi au moyen des vers de Pétrarque. Peut-être ce symbolisme échapperait-il à son Altesse de Ferrare, qui voulait en rester à ses canons et en fait d'art, à des paillardises d'ivrognes dont il avait puisé l'idée chez Ovide. Car le *Festin des dieux* que le Duc lui imposait de peindre n'était rien d'autre qu'une scène d'orgie, après tout. Et le Maestro se demandait encore comment il allait s'y prendre, avec toutes ces images de Saintes Vierges qui le regarderaient faire, lorsque la voix d'Aurelio, s'adressant au Ferrarais, le tira de sa rêverie :

– Comme le Duc, votre maître, doit aimer avoir pour héraut l'humaniste que vous êtes, Messer. Ses canons, qui se gardent d'atteindre nos campaniles, nous parlent le même latin que le Saint Père de Rome. Mais tout cela est sans importance, n'est-ce pas ? Nous sommes ici dans un temple de l'art et le sublime langage de la peinture n'a point d'ennemi.

Aurelio parlait arborant un sourire suave. Ses gestes, ses manières si délicieusement italiennes faisaient oublier l'allusion aux canons grondants et aux chevaux piaffants.

– Et à ce sujet, poursuivait-il, il m'est revenu aux oreilles le grand intérêt de son Altesse pour les trésors antiques. J'ai ouï dire qu'il fait de sa ville la réplique de Rome par sa splendeur et qu'il y construit une galerie de marbre dédiée à l'art.

– Cela est vrai, Excellence. Il n'est rien de plus beau et de plus merveilleux que ce *studiolo* qui relie l'hôtel du Duc à son château.

Comme le poète des métaphores littéraires semblait soudain à court de comparaisons, Aurelio lui en proposa quelques unes :

– Ah, Maestro, Ferrare deviendra la *cella* du temple de l'humanisme et vous en êtes le grand prêtre. Et je suppose que votre présence en notre ville fait partie de votre sacerdoce ?

— Certainement, Excellence. Son Altesse veut enrichir ses collections de marbres. Déjà la famille Lombardo est établie actuellement dans nos murs. Maestro Pietro recrée les bas reliefs qui devaient orner les thermes de Caracalla dont le saint Père de Rome vient d'exhumer les murailles. À chacun de ses voyages dans la ville éternelle, le Duc remplit ses charrettes des bustes d'empereurs et de dieux.

— Pensez-vous trouver à Venise d'autres empereurs et d'autres dieux ?

— J'espère avant tout persuader notre cher Maestro Bellini de prêter sa main et son talent à une toile de grandes dimensions qui représenterait dans la même scène tous les dieux déjà présents dans le *studiolo*. Une sorte de résumé, transposant la statuaire en peinture et recréant le monde antique comme les palais romains où Vitruve rassemblait Lysippe et Apelle.

— Voilà une ambition digne de la splendeur de votre prince, Maestro Tebaldi.

Aurelio vit s'intensifier sur le visage accablé du poète l'éclat de l'œil droit. Il devait aimer, le bougre, qu'on lui donne du Tebaldi, nom qu'il avait lui-même inventé pour faire plus romain. C'était l'instant de faire un pas de plus :

— Et vous ne négligez pas, je l'espère, les grands collectionneurs que nous avons à Venise, qui n'ont pas l'aura ni la magnificence du Duc Alfonso, mais sont néanmoins de fins connaisseurs. En avez-vous rencontré ?

– Certes. J'ai rencontré le Capitanio Marcello, Ser Marcantonio Michiel…

– Si vous le souhaitez, je puis vous en présenter d'autres…

– Ce serait si aimable de votre part. J'ai eu tant de peine en apprenant la mort de cet estimé Pietro Priuli…

– Un malheur…

Aurelio sut un gré infini à Maestro Bellini de remplir à nouveau leur coupe d'un vin si délectable. La coupe donne une contenance à la main qui s'avance pour la prendre. Savourer le vin donne une contenance à l'esprit qui prend le temps de cheminer.

– Et… Sait-on ce que devient la collection ? interroge le poète d'un air distrait.

– Elle reste dans la famille. Mais cela n'empêche pas de faire valoir des accords antérieurs au décès : achats, échanges… Pour peu que l'on puisse fournir un document, s'entend.

Aurelio était attentif au moindre frémissement de muscle de la face triste. Il venait de prononcer les mots qui devaient résonner sous le front dissimulé sous l'affreux bonnet noir.

– Nous étions convenus d'un échange, en effet : un précieux bronze qui ne trouvait pas sa place dans le *studiolo* contre un faune en marbre du Pentélique. Mais point de document. Et j'en suis marri.

Ils étaient marris tous les deux. Aurelio plus que l'autre. Tebaldeo ne venait-il pas de prononcer uniment ces mots qui avaient paru suspects à Laura ? Et cet échange dont il était question, qui ne devait pas grever la fortune du disparu, il l'évoquait sans le moindre frémissement de sa mâchoire tombante, de ses yeux battus par les compositions d'églogues à la chandelle.

Oh, se dit Aurelio, tout cela est si ténu qu'on ne pourrait en condamner un homme, ni même le soumettre à la question, moyen cruel qui donnait peu de résultats sur le plan de la vérité, mais vous fournissait un coupable en moins d'une heure et procurait un soulagement infini au juge qui se cassait les dents sur une énigme. Mais Aurelio, qui n'en était qu'au début de son enquête, ne connaissait pas encore la rage du juge. Les suspects, se dit-il, ont tout intérêt à se montrer très vite, s'ils veulent éviter la rage du juge. Or, le suspect qu'il venait d'entreprendre avait la mine si lamentable que le juge Aurelio était prêt à lui prodiguer des consolations, malgré son teint gris et son bonnet noir qui lui mangeait le front.

Aurelio se contenta de penser à sa feuille de route : ajouter « Priuli : vérifier s'il possède un faune en marbre du Pentélique».

Cela fait, il en revint au témoignage de Laura qui l'avait amené là, chez Maestro Bellini, assis dans un fauteuil confortable devant un verre vide, à entretenir un terne rimailleur de choses sans intérêt, aidé seulement par la complaisance courageuse de Maestro Bellini et le regard compatissant d'une vierge au manteau bleu, qui le renvoyait à la robe bleue de Laura.

Laura, quel intérêt aviez-vous à me parler de cet échange de mots ? Vouliez-vous me leurrer et masquer l'existence d'un autre échange dont vous gardez le secret ?

Laura, vous me trompez.

6 : QUESTIONS DE COPIES

Quand Nicolò Aurelio poussa la porte surmontée de l'enseigne de cuivre représentant un dauphin enlacé autour d'une ancre, il n'entrait pas seulement dans l'une des multiples imprimeries de Venise ; il se rendait chez Aldo Manuzio, le roi des imprimeurs, éditeur passionné, libraire, humaniste, un ami.

La librairie était une belle pièce voûtée éclairée de deux fenêtres en ogive dont les murs étaient tapissés d'armoires et de rayonnages où trônaient de belles reliures. Au centre, des tables où étaient dispersés quelques livres ouverts sur de splendides gravures, des frontispices compliqués, des colophons ouvragés, des pages agrémentées de lettrines, de cul de lampe, de bandeaux, de fleurons.

Ici, Aurelio entrait dans un univers au parfum d'encre, de papier et de colle, un peu comme le sien, à la chancellerie. Le passage voûté qui conduisait à l'atelier situé à l'arrière du bâtiment, apportait les échos d'un vacarme continu : martèlement des composteurs, grincements des presses, aboiements des commis et des contremaîtres. La porte d'entrée avait actionné une clochette, mais Aurelio se dirigea sans attendre vers le bureau du maître, une pièce attenante à l'atelier meublée d'une énorme table croulant sous les livres, les épreuves, les bonnes feuilles ou les livres de comptes. Aldo Manuzio, homme de la soixantaine, robe grise, bonnet gris, longs cheveux gris, leva son long nez de ses papiers et déploya sa maigre stature pour recevoir le Chancelier.

— Je ne saurais assez vous remercier de m'avoir laissé venir, Maestro, répondit Aurelio aux paroles de bienvenue. Outre le plaisir de vous voir parmi vos livres, j'avais à rencontrer ce Demetrios Apenatos afin de le sonder sans qu'il se doute de l'intérêt qu'on lui porte. Quand Ser Mosca m'a dit que Ser Demetrios avait rendez-vous avec vous pour vous présenter des ouvrages grecs, j'ai supposé que vous supporteriez ma présence.

— Ah, Excellence, il est deux endroits à Venise où votre présence s'impose ; la chancellerie et partout où s'entend et s'imprime la langue sublime d'Homère et de Sophocle.

Il dégagea un fauteuil d'un paquet d'épreuves qui s'y trouvaient entassées, invita son hôte à s'asseoir, puis, prenant un objet sur la table :

— Ser Demetrios ne va pas tarder. Désirez-vous entretemps feuilleter mon dernier né ? Il s'agit d'un Théocrite…

Il tendait à Aurelio une superbe reliure, observait le visage de son hôte d'un œil pétillant où perçait la jubilation. Aurelio s'apprêtait à partager un beau moment de bibliophile mais ce qu'il découvrit dépassait son imagination. À la première page du texte, les versets des Idylles du poète grec s'inscrivaient dans un tableau aux couleurs vives. Un ruisseau fuyait dans une vallée de pins entre de vertes collines. De part et d'autre, Thyrsis et le chevrier jouaient l'un du violon, l'autre, du pipeau. Les animaux s'ébattaient dans la campagne. Les yeux écarquillés, Aurelio admirait.

– « Ô Chevrier, il est doux, le bruissement de ce pin, auprès des sources… » récitait Aurelio. Cet ouvrage est une splendeur, Maestro.

– Aquarelles de Ser Alberto Dürer, prononça Aldo comme s'il savourait une friandise. L'exemplaire est commandé par Isabelle d'Este pour en faire présent à son époux afin qu'il supporte mieux l'ennui de nos geôles.

– L'heureux homme. Bien que François de Gonzague eût certainement préféré courir la campagne à la tête de ses troupes, voilà qui pourra lui rappeler les douceurs de la sieste.

Ils rirent ensemble, parce que la capture du Marquis de Gonzague dormant dans un champ de blé pendant que son armée surprise fuyait devant les Vénitiens était un des épisodes savoureux de la guerre contre Venise.

Aurelio feuilletait l'ouvrage avec ravissement. La passion d'Aldo était de découvrir et diffuser la littérature ancienne, mais il fabriquait aussi des livres magnifiques comme celui-ci, un exemplaire unique qui dépassait en beauté son Poliphile truffé des gravures d'Andrea Mantegna. La contemplation des tableaux comme le charme des livres emportaient Aurelio hors du temps. Un livre rempli de tableaux ne pouvait avoir sur lui qu'un effet accru. Quand la porte s'ouvrit, il dut s'arracher à une extase et se sentit moins méfiant devant le Grec qu'on lui présentait.

C'était un homme de taille moyenne, l'œil vif, un nez de Socrate et une barbe de Périclès, le geste rond pour congédier le valet qui le suivait et venait de déposer à ses pieds une malle de jonc. Il répondit aussi rondement aux présentations :

— Excellence, chacun connaît votre réputation de grand connaisseur en littérature antique. Je suis flatté de cette rencontre et j'espère pouvoir en échange de ce bienfait des dieux, vous offrir quelques présents de béatitude.

Certes, la béatitude promise par le Grec ne coûterait à celui-ci que quelques paroles mais Aurelio en apprécia la coloration toute orientale, et trouva sa réponse dans Théocrite :

— Messer Apenatos, votre chant est plus doux que le murmure de la source qui descend des rochers.

Il appuya cette réponse du berger à la bergère par un petit salut de la tête, tout à fait charmant. Maestro Manuzio, qui jubilait toujours, vit là le moment de commencer une conversation sans importance sur les voyages, les rencontres du voyageur, une sorte de mise en bouche courtoise, car il ne pensait bien sûr qu'au contenu de la malle. Quand fut enfin venu le moment de déballer le trésor, Demetrios Apenatos s'éclaircit la voix :

– Maestro, j'ai trouvé dans un monastère de Chalcédoine un manuscrit vieux de trois siècles. Il s'agit de l'anthologie de Planude.

– Planude, répéta Manuzio modérément surpris. Vous nous apportez donc un manuscrit byzantin. Planude, qui vécut au treizième siècle, fut un savant philologue fertile. Ser Janus Lascaris m'a montré cinq livres de son anthologie palatine. Et vous, que m'apportez-vous ?

On ne pouvait être moins bucolique : Ser Manuzio était aussi un homme d'affaires. Enfin la malle s'ouvrit et les manuscrits recouvrirent la table de leurs parchemins jaunis. L'éditeur tournait les pages, manipulait délicatement les reliures, consultait les titres, évaluait le texte, et pendant que ses longues mains blanches de mouvaient avec lenteur, son œil sagace jugeait, critiquait, estimait, chiffrait.

– Littérature hellénistique, murmura-t-il. Planude rédigea un recueil des épigrammes d'Agathias et Kephalas. À travers lui, nous atteignons le règne de Justinien et la littérature de la haute époque byzantine.

Aurelio s'était approché à son tour, observait, manifestant moins d'attention.

– Je me suis laissé dire, Messer Apenatos, prononça-t-il distraitement, qu'en la matière, nombreuses sont les copies.

– Eh, ceci en est une, votre Sublimité. Que saurions-nous sans les copistes de jadis ?

– J'entends bien, mais on recherche toujours de préférence la copie la plus ancienne, n'est-ce pas ? Ceci afin de rétablir le texte dans son état d'origine. Le cauchemar du philologue qui travaille sur des manuscrits, c'est l'erreur de copie.

– En effet, dit le marchand d'un air compétent.

– D'où la plus grande valeur des copies anciennes.

– Cela va sans dire, dit le marchand qui dressait l'oreille dès qu'il s'agissait de valeur, donc de prix. Le plus ancien est le plus rare, donc le plus cher.

– Et justement, à ce sujet, l'homme d'administration que je suis et qui voit les pratiques commerciales se chercher des voies nouvelles, s'est trouvé confronté il y a peu à une question qui lui a été posée et il serait intéressé de connaître votre avis sur la chose suivante. Ne peut-on imaginer que des ateliers peu scrupuleux et maîtrisant des procédés pour vieillir des parchemins récents, soient tentés de produire de faux anciens ?

Apenatos prit un air recueilli qu'Aurelio observa du coin de l'œil.

– Cela peut arriver, en effet, répondit-il avec prudence. On ne peut exclure la fraude. Mais nous sommes là, nous, les spécialistes des antiquités, pour la détecter.

– Vraiment ? Mais vous ne pouvez lire tout ce qu'on vous propose…

– Nous ne lisons pas, Votre Sublimité. Un falsificateur astucieux n'attirerait pas le soupçon par des erreurs manifestes. Non, nous observons l'état de la pièce : la reliure, les colles, le chanvre utilisé pour rassembler les cahiers, la manière dont les encres ont vieilli… De plus, nous considérons la provenance. Et c'est là qu'intervient la valeur de nos relations et notre connaissance du terrain sur lequel nous travaillons. Il est des fonds qui sont hors de tout soupçon, comme les monastères. Celui de Chalcédoine, bien que situé en face de Constantinople, conserve encore des moines chrétiens qui vivent là dans des conditions de plus en plus difficiles. Pour subsister, ils ont déjà vendu des livres remarquables. Leur besoin d'argent qui se perpétue les pousse, avec le temps, à vendre ce qu'ils ont de plus précieux.

– Ce qui signifie qu'il suffit d'attendre qu'ils soient aux abois, murmura Aurelio. Non sans malice.

– Par ailleurs, Son Excellence Manuzio vous dira qu'une bonne copie plus récente peut avoir plus de valeur qu'une version ancienne présentant des lacunes…

Le petit homme s'agitait, gesticulait, sortait de son sac tous les arguments que sa pratique ou son astuce pouvait y avoir accumulés.

– Et en effet, poursuivait-il, le problème, aujourd'hui, ce sont les copies, car tout est copie, et heureusement, car c'est ce qui fait la diffusion du savoir. Maestro Manuzio ne produit-il pas des copies imprimées des manuscrits que voilà ? Et Planude lui-même, dont voici les écrits, n'a-t-il pas composé un florilège de ce que d'autres avaient écrit avant lui ?

– C'est vrai pour les manuscrits, Messer, parce qu'ils diffusent un savoir. Quoique, comme vous le disiez, les copies n'aient pas toutes la même valeur marchande. Mais que penser des vases, des statues, dont vous faites également commerce, je crois…

Aurelio vit passer dans le regard du marchand un éclair furtif.

— J'oserais dire que c'est la même chose, Votre Sublimité. Les Romains copiaient les modèles grecs, qui ont souvent disparu. Les Romains ont diffusé l'art des Grecs, et c'est heureux. Et ce que recherchent les Papes, les princes… et même nos riches collectionneurs vénitiens, ce ne sont rien d'autre que des copies. Certains vont même jusqu'à payer des artistes pour se faire sculpter des statues et des bas reliefs à la manière antique. C'est-à-dire que, en quelque sorte, ils vont jusqu'à inventer de prétendues copies !

— Des merveilles, assurément, dit Aurelio. Mais s'ils les vendent en prétendant qu'elles datent de l'époque romaine, ils vendent des faux, et s'ils les vendent au prix des antiques, ils trompent et volent les acheteurs, n'est-ce pas ? Et cette tromperie-là est punissable devant les Quaranties criminelles.

— Sans doute, sans doute, fit le Grec en revenant précipitamment à ses manuscrits sur un signe supposé de l'imprimeur.

Une tache d'humidité avait gâché quelques pages qui collaient ensemble. Les doigts crispés d'Apenatos tentaient vainement de les dissocier. Aurelio crut voir une sorte de fébrilité dans ses mouvements.

— Aucune importance, dit Manuzio. Il s'agit du livre trois que possède mon ami Lascaris.

Quel est votre prix pour les sixième et septième livres ?

Aurelio vit le marchand réfléchir un instant de trop pour un homme qui aurait préparé son affaire. Revoyait-il son prix parce qu'il ne vendait que deux exemplaires sur les sept ? Le faisait-il au vu de la discussion qu'il venait d'avoir avec le Chancelier ? Avait-il vu, dans cette discussion, une menace pour son commerce ? Un doute sur la valeur de ce qu'il proposait ? Quoi qu'il en soit, le marchandage dura peu et Aurelio qui, par délicatesse, s'était éloigné et replongé dans le Théocrite, n'eut pas le temps de lire deux pages qu'il entendit tinter les écus et fut rappelé devant un plateau et trois verres de vin doux.

La conversation repartit sur des sujets généraux avant de s'étioler lentement. Le marchand grec semblait tendu et presque soulagé lorsque, passé un temps raisonnable, il put rappeler son valet porteur de malle et prendre congé. Manuzio, revenant vers Aurelio après avoir reconduit son visiteur, semblait jubiler plus que jamais.

– Excellence, dit l'éditeur, buvons à présent aux sept tomes de l'Anthologie de Planude et promettez-moi de me rendre visite la prochaine fois que je recevrai ce marchand-là. Je viens de faire une merveilleuse acquisition à un prix très intéressant.

– En quoi ma présence a-t-elle pu influencer vos affaires, Maestro ? Y avait-il un doute sur l'authenticité du manuscrit ?

– Non point, non point, se récria Aldo. Il s'agit bien d'un manuscrit datant de Michel VIII et

Andronic II Paléologue. Mais notre Apenatos est d'habitude plus ferme en affaires.

— Pensez-vous donc que la petite conversation que j'ai eue avec lui y fut pour quelque chose ? Jugez-vous que nos propos l'aient ramolli ?

— L'expression est belle, Excellence. C'est exactement mon sentiment.

Un sentiment, se dit Aurelio sur le chemin du retour. Dans toute cette affaire, il ne s'appuie depuis le début que sur des sentiments. Le sentiment que le Grec, capable par ailleurs de bien se défendre, n'a pas la conscience bien tranquille. Cet homme n'est pas net. Le mettre à la question en ferait sortir bien des surprises mais enfin, on ne peut donner la corde à toute une ville sur base d'un sentiment. Étrange quand même, la façon dont Laura a fait passer la querelle au souper de Marcello pour un épisode comique. Et s'il y avait, dans cette affaire de cratère, beaucoup plus qu'une simple querelle de collectionneurs ? Pour en savoir un peu plus, pour affiner son sentiment, il savait à qui s'adresser.

Laura, je saurai bientôt si vous me mentez.

7 : QUESTIONS DE FAUX

La *Scuola Grande della Misericordia* recrutait ses confrères parmi les patriciens, les citadins et les riches marchands. Comme toutes les *scuole*, elle distribuait les contributions de ses membres en œuvres de bienfaisance, entretien de l'hôpital et de l'hospice attenants, participation aux fêtes religieuses et embellissement de ses locaux. La réunion des confrères dans la grande salle gothique de l'étage venait de prendre fin sur un bref office religieux destiné à mettre sous la protection divine les décisions qui venaient d'être prises. Les cierges et les esprits fumaient encore :

– Dommage vraiment, disait un vénérable vieil homme, de ne rien dépenser pour améliorer ce bâtiment vieux de deux siècles, ni pour l'orner de tableaux. Ces murs pelés finiront par nous donner mauvaise réputation.

— Tant pis, Messer. Mais ne vaut-il pas mieux que nos dépenses annuelles de quatre mille ducats servent, en ces temps de guerre, à venir au secours des veuves, des orphelins, des réfugiés et des blessés dont se remplit notre *ospedale* ?

— Soit, Soit, soit… faisait le vieux un peu avare, tout en pensant que l'argent qu'il versait au trésor de la *scuola* servirait aussi, le jour où Dieu le rappellerait, à lui offrir un bel enterrement.

Parmi le flot qui s'écoulait vers le terre-plein de l'église voisine, Nicolò Aurelio se rapprocha de Marcantonio Michiel. Ser Michiel, bien qu'issu d'une famille noble dont chaque génération se mettait au service de l'État, avait préféré, lui, s'adonner à un art de vivre que permettait sa fortune, et se consacrait entièrement à l'indolence et à la contemplation de l'art. Il se plaignait souvent du temps qui passe et efface les belles émotions esthétiques, c'est pourquoi il les notait dans un carnet destiné à raviver sa seule mémoire. Il collectionnait, évidemment, et se rappelait toujours avec précision ce qu'il avait apprécié dans les maisons où il était invité. Pour capter son attention, pour se réjouir de faire sa rencontre, pour lui souhaiter la bienvenue, pour tourner le compliment, il suffisait de lui glisser « Ah ! Messer Michiel, comme j'ai pensé à vous, lorsque j'ai vu… »

C'est donc à peu près ce que fit Nicolò Aurelio en débouchant sur le parvis de l'église Santa Maria di Val Verde :

— Ah ! Messer Michiel, j'ai pensé à vous lorsqu'on m'a dit …

Comme dans la suite de la phrase sonnait le nom du Capitanio, Marcantonio Michiel tendit l'oreille, écouta le récit avec un large sourire.

– Ah, Messer Aurelio, comme j'aurais voulu être présent à ce souper ! Hélas, le même soir, nous fêtions l'anniversaire de mon vieux père. Et comme j'aurais aimé m'entretenir une dernière fois avec notre si regretté Priuli !, Hélas, que Dieu l'accueille au paradis. Un Priape en bronze, dites-vous, et datant de la grande époque hellénique ! Décrivez-le-moi !

– Eh bien, Messer, je suis comme vous frustré de ne l'avoir point vu, ayant aussi été empêché ce soir-là. Mais enfin, les attributs de Priape n'ont pas besoin qu'on les décrive. Par contre, parmi les choses qui m'ont été rapportées de cette soirée, se trouve un débat entre notre regretté Priuli et un homme que vous devez connaître : un Grec du nom de Demetrios Apenatos.

– Si je le connais ! dit Michiel en exhalant une bouffée d'air. C'est avant tout un commerçant. Il vend de tout ; il vend n'importe quoi ; il vendrait sa femme, si elle valait quelque chose. Il est habile de la langue mais avisé et il faut reconnaître qu'il vous propose parfois des objets d'une certaine valeur.

– On m'a parlé d'un cratère datant de l'époque de Périclès, qu'il avait vendu à Ser Priuli et dont vous possédez l'identique.

– Oh, les cratères, Messer Chancelier, il en est très peu d'entiers et même sans défauts. Ces pièces ne valent que par leur âge, les artisans de l'époque ne travaillant pas pour l'éternité. Il en est de très beaux par leur forme et leur décoration de scènes mythologiques. Mais leur valeur, puisque vous me parlez de ce marchand, leur valeur dépend bien sûr de leur beauté, mais surtout de leur rareté, de leur état de conservation, et finalement de leur ancienneté.

– Il semble donc difficile que puissent exister deux pièces identiques.

– Ce serait l'effet d'un hasard prodigieux. Deux pièces identiques à l'origine, ce qui se conçoit, ont vécu différemment, l'une ayant servi, l'autre pas ; l'une ayant séjourné dans la glaise, l'autre dans la caillasse ou dans une cave…

Tout cela semblait du bon sens. Mais pourquoi Ser Priuli avait-il insisté sur la ressemblance de ces deux vases au point de susciter le trouble, voire la colère du marchand grec ? Ce même trouble qu'il avait vu poindre en présence d'Aldo Manuzio. Au diable les questions détournées, se dit Aurelio. Avec Marcantonio Michiel, il pouvait prendre le risque d'être direct :

– Messer Michiel, pensez-vous que Ser Priuli ait eu quelque raison d'accuser Demetrios Apenatos de vendre des faux ?

– Des faux ! Comme vous y allez ! se récria l'esthète. Les collectionneurs, Messer Chancelier, ont vite fait de prétendre que si un confrère possède une pièce semblable à la leur, cette autre pièce est un faux. Voyez-vous, nous aimons tous posséder la pièce unique. Mais des copies, il y en a eu des centaines à travers les âges. Et comme je vous l'ai dit, elles ont vécu différemment.

– Et c'est bien là le point que je cherche à éclaircir. Supposez un artisan qui s'y entende à fabriquer aujourd'hui des pièces qui ont parfaitement l'aspect de celles qui ont vécu, qui sache les vieillir, et les vende comme antiques…

– Soit. Il prend le risque qu'un jour, un collectionneur aperçoive l'identique chez un autre collectionneur. Le monde des collectionneurs est fermé, vous savez. Nous avons l'œil ; nous savons exactement ce qui se trouve chez les autres. Eh bien, ce jour-là, ce marchand-là n'a plus qu'à se faire galeotto, parce que plus personne ne lui achètera. Donc, il ne le fera pas. Non, celui qui fabrique des faux sait varier sa façon de vieillir sa marchandise.

– Bien, dit Aurelio. Vous admettez donc que le faussaire existe.

– Il a toujours existé, Messer Chancelier. Mais un bon collectionneur a la connaissance, l'œil expert, et c'est ainsi qu'il gagne sa réputation.

– Ser Apenatos possède-t-il la réputation ?

– Ser Apenatos n'est qu'un marchand, Excellence.

– Vous n'achetez donc pas en toute confiance chez lui.

– Il ne faut jamais acheter en toute confiance. Finalement, si le marchand exhume la pièce de qualité, c'est le collectionneur qui la certifie et fait son prix.

Aurelio inclina vers le sol un visage de dépit. Une nouvelle fois, ce dialogue ne menait à rien. En effet, il tournait en rond autour d'évidences, de suppositions, de sentiments diffus devant le malaise d'autrui qu'il suscitait à chaque interrogatoire. Pourquoi n'avait-il pas forcé Aldo Manuzio à préciser « son sentiment » après le départ du marchand grec ? Ce Grec : Aurelio ne le sentait pas ; chacun semblait s'en méfier, depuis Aldo Manuzio, qui ne lui achetait que des textes et se moquait un peu de la rareté du manuscrit, jusqu'à Priuli, jusqu'à Marcantonio Michiel, qui le jugeaient selon d'autres critères. Ce Grec cachait quelque chose, il en avait la conviction. Il fallait obliger Marcantonio Michiel à sortir des généralités, du flou dans lequel baignaient leurs propos. Aurelio décida de changer de tactique. Après tout, prêcher le faux faisait parfois sortir le vrai et il l'appela de toute son autorité :

— Messer Michiel, il m'est revenu l'histoire de ce faussaire et de ce collectionneur de renom qui, grâce à leur complicité bien organisée, s'étaient fait une fortune. Le marchand fournissait le faux, le collectionneur apportait l'aval de sa réputation puis revendait à prix d'or le faux ainsi authentifié. Nos deux compères se partageaient les bénéfices de leur activité. Que dites-vous de cela ?

Ils se dirigeaient lentement vers l'embarcadère. Michiel s'arrêta de marcher, interdit, le sourcil haut. Aurelio, qui l'observait, l'aida à s'exprimer :

— Une complicité lucrative, n'est-ce pas ?

— Une complicité qui déshonore celui qui s'y prêterait, affirma Michiel d'un ton sans réplique. Quel patricien, à Venise, oserait s'abaisser à de telles pratiques ?

— À Venise ou ailleurs, Messer Michiel, l'argent, qui n'a point d'odeur, n'est point non plus au service de la morale, tout homme avisé sait cela et tout enquêteur se doit d'en tenir compte.

Aurelio, le front serein, avait repris sa marche, ce qui obligea Michiel à le rattraper à grands pas.

— Messer Aurelio, je ne sais ce qui vous inspire ces propos. Certes, il faut que justice soit faite ; certes, les coupables d'un trafic illicite doivent être punis. Mais je vous conjure d'agir avec prudence et dans l'absolue certitude des faits que vous avancez. Songez au soupçon qui s'en va grandissant, songez au scandale…

Aurelio fut tenté de sourire. Le mot « scandale » était celui que le Conseil des Dix abhorrait entre tous. Il désignait le dernier avatar du trouble. Si le dérèglement, les égarements divers étaient trop fréquemment le propre du peuple et s'il convenait d'éviter à ce dernier de tomber dans ces excès et en dernière ressource de les réprimer sans pitié, les désordres de l'aristocratie, en semant le trouble parmi le peuple, étaient qualifiés de scandale, étouffé si possible, ou sinon puni de mort avec proclamations et exécution sur la place publique. Prononcer le mot de scandale devant le conseil des Dix annonçait toujours une décision extrême, cruelle.

— Je sais tout cela, Messer Michiel. J'envisage seulement une hypothèse. Je veux savoir ce qu'elle représente pour le monde des collectionneurs. Et puisque vous parlez de justice, vous savez bien que celle-ci n'avance qu'avec une extrême prudence et qu'un Chancelier n'a aucun pouvoir de décision.

Si toute émotion devait avoir une source, l'intensité de son expression devait avoir une signification. Aurelio put juger de l'un et de l'autre :

– Ce que cela représente pour le monde des collectionneurs ? s'écria Michiel. Mais un tremblement de terre, Messer Aurelio ! Non seulement le doute sur notre savoir, mais le doute sur notre honnêteté, le doute sur l'authenticité de nos collections, le doute sur notre propre fortune…

En un mot, se dit Aurelio, le scandale ou la ruine. Certes, cela valait une somme d'émotions. Mais comment déterminer si cette tempête était l'expression de l'angoisse d'un trompé ou d'un trompeur, d'une victime ou d'un coupable ? En réalité, il était impossible de le savoir. Et tandis que les cascades de mots fiévreux se déversaient encore, Aurelio se sentit envahi d'une grande fatigue. Où le menaient ces subtils interrogatoires d'où ne se dégageait aucun fait concret ?

L'hypothèse où Apenatos aurait versé du poison dans la coupe de Priuli pour empêcher celui-ci de divulguer son juteux trafic restait entière et invérifiée. De plus, elle n'apportait aucun éclaircissement sur la présence des documents dans la poche du notable.

Pourquoi cet échange orageux au sujet d'un vase grec, dans un salon décoré de plus d'un vase grec ? Et si Priuli, en insistant sur le vase qui était un cratère, désignait à mots couverts l'un de ceux du salon ? Ce cratère qui ressemblait à celui de Michiel, celui-là précisément, où, selon un accord passé avec celui ou celle qui devait comprendre l'allusion, celui-là précisément où il venait de déposer les plans ?

8 : HEURTS CRUELS

Assis dans son fauteuil de Chancelier, Aurelio semblait s'adresser à Mosca. En réalité, tout en paraissant partager avec le sbire l'expérience de ses récentes rencontres, il monologuait en face d'une oreille attentive et cela lui éclaircissait suffisamment les idées pour conclure :

— Ser Priuli a donc provoqué une querelle dans le seul but de prononcer le mot « cratère ». Il n'en voulait pas du tout à Apenatos de lui avoir vendu un exemplaire semblable à celui de Ser Michiel et il lui importait peu qu'avec son stratagème, il mette le Grec en colère. Il voulait prononcer ce mot que quelqu'un, dans l'assemblée, devait comprendre. Il voulait désigner par là, dès le début de la soirée et dans le flot de la conversation générale, LE vase du salon dans lequel il venait de déposer ses précieux documents. Il se débarrassait ainsi d'une pénible et coupable obligation et épargnait un aparté précipité qui aurait pu intriguer les convives. Or, je connais la collection de Marcello et je sais qu'il possède un joli cratère qui représente Œdipe rencontrant le sphinx aux portes de Thèbes. La question est de savoir QUI, dans l'assemblée, était censé comprendre ce message. Ah, Mosca, comme je voudrais en ce moment être aussi inspiré qu'Œdipe pour deviner qui était censé comprendre ce mot de *cratère*.

Mosca, qui l'écoutait avec patience, lui trouvait l'air abattu, mécontent, si sombre qu'il ne voulut pas en rajouter tout de suite avec ce qu'il était venu dire. Il préférait entrer en matière en se référant à la feuille de route qu'Aurelio lui avait imposée, montrant par là qu'il était dûment capable de répondre à toutes les éventualités ouvertes et qu'il s'apprêtait à peut-être les fermer toutes, sauf une.

– Ser Tebaldeo récita-t-il papier en main, a pris auberge piazza San Marco et y dort jusqu'à méridienne. Son emploi du temps n'est intéressant que les après-midi. S'il n'est pas en compagnie pour la soirée, il va voir les joutes campo San Polo ou reste en sa chambre pour écrire. Les jours qui ont suivi le souper chez Marcello, on l'a vu maintes fois chez les libraires de San Marco, chez Maestro Manuzio, dans plusieurs églises pour admirer des peintures et dans les ateliers de Maestro Carpaccio ainsi que chez Maestro Bellini pour y parler de la commande de son maître, le Duc de Ferrare ; il a rencontré Ser Bembo en son palais et a soupé avec lui ; ils ont discuté philologie et ils se sont lu quelques-unes de leurs poésies ; le lendemain, il s'est rendu chez l'imprimeur Julius Radolt pour y porter ses œuvres ; le soir, il est allé voir la Lucetta, y a soupé et passé une partie de la nuit ; le lendemain matin, il ne dormit pas et jeûna. Il alla se confesser à San Cassiano, y entendre la messe et faire aumône ; en suite de quoi, il est venu faire les démarches pour obtenir son laisser passer pour Ferrare. En attendant, il s'est rendu au port, sans doute pour s'enquérir d'un embarquement pour Valona ; enfin, parcourant les *mercerie*, il s'est acheté un bonnet et des gants ainsi que quelques affutiaux de dame avant de rejoindre son auberge d'où il n'est sorti ce matin que pour entendre la messe.

— Tout cela me paraît gestes d'un homme qui n'a rien à cacher. Il est venu pour les intérêts de son maître et en a profité pour cultiver les siens. Mais voyez-vous, Mosca, cela ne nous donne pas la certitude qu'il n'emporte aucun document secret dans son bagage, Et tant qu'on n'ouvre pas un sac ni ne le fouille au corps… Un homme de lettres, même horriblement chapeauté, peut emporter des documents parmi ses rimes.

— Certes, Excellence, mais peu de valets sont insensibles à la musique des écus et ce sont les valets qui font le bagage et les poches de leur maître, murmura Mosca d'un air chafouin.

— Et comment vous semble le valet ?

— Il n'entend rien ni aux rimes ni aux chapeaux. C'est un homme simple.

Aurelio hocha la tête en signe d'approbation ou de doute.

— Apenatos ?

– Ser Apenatos ne ménage pas sa peine lorsqu'il est à Venise. Il visite à peu près toutes les maisons nobles et celle des artisans les plus fameux, sans oublier la belle Metaxa, mais pour d'autres commerces. Là par contre, le valet n'a d'égal que son maître pour récolter le ducat. J'obtins de celui-là la liste des gens qui font partie de la tournée vénitienne de l'honorable marchand. Voulez-vous la voir ?

Aurelio tendit la main, parcourut le document des yeux. Quel ennui que ce travail de fourmi qu'il s'imposait, et quel en était l'intérêt, après tout ? Il vérifia la présence de noms tels que Michiel, Marcello, Bembo, Strada, Manuzio, s'étonna d'en voir d'autres qu'il n'attendait pas comme celui d'une veuve Cornaro et d'une abbesse, puis enfouit le document dans un dossier. Pourrait être utile un jour, pensa-t-il avant de reprendre :

– Que fit-il au lendemain de sa visite chez Aldo Manuzio ?

– Vous voulez dire le jour même. Il demanda son laisser passer pour Urbino.

– Décidément, tout le monde cherche à quitter cette ville. Quelle crainte les en chasse ?

– Bah, fit Mosca avec un grand geste désinvolte destiné à alléger l'humeur de son chef, le poète doit fuir la tentation, connaître la mélancolie du cœur solitaire… Quant au Grec, il court après l'argent, ils le font toujours… Oh, rassurez-vous, je suis décidé à laisser traîner leurs demandes tant que nous n'aurons pas trouvé la clé de cette énigme. En outre, pris d'impatience, ils s'aviseront de payer plus cher leur départ, ce qui me remboursera des écus que j'ai dépensés pour faire parler les valets.

Aurelio apprécia l'allusion, fit un signe de tête. Il ne laissait jamais le lubrifiant d'une enquête à charge du sbire, Mosca le savait bien. Mais la question n'était pas là et il ne se déridait pas.

— Pour Urbino, grondait-il. Chez le neveu du Pape. Pour compliquer l'affaire. Et vous me direz que Ser Marcello se prépare à aller chez les Turcs.

— Et que Elena recevait le lendemain son marchand allemand. Quant à Marcello, il conduit chaque année sa muda à Constantinople, mais il n'est point encore parti, répondit Mosca bon élève, candide et impitoyable.

Car ce qui tracassait en cet instant le sbire, ce n'était pas la multiplication des suspects ni l'éparpillement des destinations possibles de ces plans, c'était au contraire la convergence de certains indices vers le chaudron où des intérêts de nature diverse se heurteraient cruellement. Toutefois, avant de disparaître dans ce maelström, il y avait quelques détails à régler et Mosca suivait sa feuille de route :

— Je ne sais pourquoi, vous m'avez demandé s'il existait, dans la collection de Ser Priuli un faune en marbre du Pentélique. La réponse est oui. Il s'agit d'une stèle funéraire qui représente un faune jouant de la flûte ; Ser Priuli parlait de l'échanger, malgré l'avis de sa chère nièce. Mais il n'en sera rien, évidemment, puisque cette nièce vient d'hériter de la collection.

Aurelio sourit imperceptiblement. Enfin une bonne nouvelle ou du moins un détail qui venait s'imbriquer rationnellement dans les éléments épars et disparates qu'il tentait d'assembler depuis plusieurs jours. La chose allait de soi : Ser Priuli répugnait certainement à contrarier sa chère nièce. C'est pourquoi il avait cet air coupable en acceptant l'échange proposé par Tebaldeo. Cette pensée suscita chez Aurelio une bouffée démesurée de satisfaction car il s'empressa d'en déduire que non seulement Laura était une bonne observatrice, mais que de surcroît, elle ne lui avait pas menti... du moins sur ce point. Chère Laura, tout ce qui peut vous mettre hors de cause dans cette lamentable affaire... Une certitude, une seule, dans cet océan de doutes m'apporte un tel réconfort...

Tandis qu'Aurelio résistait à la tentation de suivre complaisamment les méandres de son âme, Mosca rassemblait ses phrases. Il les rangea, les enchaîna, poussa leur convoi sur la pente :

– Le gondolier de Ser Priuli se souvient avoir conduit son maître plusieurs fois durant les semaines qui ont précédé le souper au casìn d'Anna Cortina, où il a dîné en compagnie et en présence de Laura. Nous n'avons trouvé aucun document caché ni chez Laura, ni dans le salon du Capitanio Marcello, dans aucun vase précieux appelé cratère. Mais nous savons que le Capitanio veut renouveler la décoration d'un mur et remplacer de vieilles tapisseries par une fresque ; qu'il a choisi pour cet ouvrage le peintre Scarfati et que le lendemain du souper, Scarfati est venu dans le salon pour voir les lieux et prendre des mesures ; qu'il est demeuré seul dans le salon pendant une demi-heure au moins.

Après quoi il s'est rendu chez le Nonce dont il fait le portrait.

Aurelio se figea. Scarfati. Il ne manquait plus que la présence de ce traître dans cette affaire. Scarfati sentait la traîtrise comme une tannerie empeste l'urine. À distance et sans enfreindre la loi, il pue.

– Vous avez fouillé chez lui, bien sûr.

– Comme d'habitude, Excellence. Et comme d'habitude, rien de suspect.

– Trop malin pour laisser des traces, gronda Aurelio. Oh, les plans se sont trouvés le même jour chez le Nonce, soyez-en sûr. Et « cratère » était destiné à Laura, sa complice de toujours. Et la personne qui a versé le poison ne peut être que Laura.

Ce jour-là, Aurelio rentra chez lui accablé. Il n'en voulait pas tant à Laura qui, après tout, exerçait son métier de courtisane et restait fidèle à elle-même, à sa famille, à son père, dont elle voulait venger la mort, à Scarfati, qui avait aussi sa vengeance à accomplir, à leur complicité enfin, sinon à leur amour. Non, il s'en voulait à lui-même ; il était allé se souiller dans le lit de cette femme qui lui mentait, qui conspirait contre l'État auquel il avait juré fidélité. Honte à toi, Aurelio.

Car si tu faisais honnêtement ton travail, tu ferais arrêter ce Scarfati et le mettrais à la question. Il finirait par avouer ses menées secrètes et prononcerait le nom de Laura, peut-être le tien. Malédiction !

Traîtresse. Tu es allée jusqu'à me raconter cette histoire d'échange de stèle pour me brouiller l'entendement. Tu voulais par là suggérer qu'il y avait un accord secret entre Priuli et Tebaldeo ; un échange de documents, par exemple. Alors que tu savais que ceux-ci étaient déjà dans leur cachette et que ton amant viendrait les enlever le lendemain pour qu'ils se retrouvent à Rome !

Machiavélique. Tu avais ourdi ce stratagème de longue date. Tu avais attiré dans tes rets Priuli qui, comme moi, ébloui par ta beauté, a cédé à ton charme. Scarfati fut ton complice, Scarfati, cette vipère aussi nuisible que toi, aussi sournoise et insaisissable.

Sirène. Ton charme sulfureux a agi sur moi comme sur d'autres ; ton chant enivrant est fait pour perdre ceux qui t'écoutent, que tu fascines par tes regards limpides qui sont des yeux de gorgone ; tu les étreins dans tes bras menteurs, tu les paralyses, tu les conduis à la ruine, à la mort.

Laura, vous m'avez grugé, menti. Il n'y avait rien dans la poche de Ser Priuli, dites-vous ? Mensonge : il y avait le document qu'on y a retrouvé le lendemain. Ah, j'aurais pu vous pardonner d'avoir suivi votre logique d'ennemie de ma patrie, mais vous avez oublié que chaque acte criminel en appelle un autre. Oui, il fallait achever votre œuvre, n'est-ce pas ? Il fallait aller jusqu'au bout, empêcher votre victime de parler. Et en versant le poison, vous avez trempé dans l'abjection. Cela, je ne puis vous le pardonner et je ne sais comment vous en punir, vous et votre complice, sans me punir moi-même.

Peut-être est-ce cela que je devrais faire : démissionner de mon poste, me vouer au repentir et à la prière, dans un monastère... à l'oubli. J'y répugne. Tout comme je répugne à demander les ordres mineurs de manière à être protégé par la justice du Pape, comme font tant de gens en affaire avec la justice de Venise.

Mais rien de tout cela ne consolera mon cœur brisé, mon orgueil piétiné et ma joie éteinte. Les femmes savent d'instinct comment faire jouir un homme et comment le faire souffrir. En existe-t-il qui savent leur apporter le réconfort ? Ah, trouver quelque douceur, un cœur de mère, accueillant, capable, sans poser de questions, de consoler des peines issues des angoissants combats et des dilemmes mortels qui jalonnent la vie des hommes.

Aurelio marchait d'un pas rapide, l'esprit ailleurs, indifférent à la foule, au foisonnement des *mercerie* comme à la sérénité des *campi* avec leurs arcades, leurs maisons silencieuses et leur citerne autour de laquelle roucoulaient quelques pigeons. Il traversa quelques ponts jetés sur l'eau verte, longea des rangées de gondoles bariolées qui attendaient languissamment entre leurs poteaux de bois peint de couleurs vives. Les mouvements de l'eau faisaient sinuer les reflets des choses, les façades gothiques, les cheminées en forme de cloche renversée, les arcs des ponts, les flèches des campaniles. À mesure qu'il marchait, il se laissait gagner par le charme de sa ville, se vidait l'esprit, atteignait cette stupeur qui suit les grands chocs. Il sentit le besoin de se laver de l'obsession qui l'étouffait et de se laisser conduire,

comme la barque qui part au fil de l'eau et va
s'échouer dans quelque eau peu profonde et calme.
Calme et silencieuse.

Il héla un gondolier.

9 : LA VOIX DE FANTINA

Nicolò Aurelio était de ceux dont la vie paraissait sans mystère. Son père avait fait carrière dans la haute chancellerie ; ses parents étaient morts, ainsi que son frère aîné. La sœur qu'il avait dotée habitait Vicence. Célibataire, il occupait une maison *campo Santa Maria Formosa*, possédait un valet et une cuisinière. Il ne connaissait ni la fortune ni la gêne. Il aimait sa solitude car il consacrait ses loisirs à la lecture, à l'étude, à l'art. Il n'en sortait que pour entretenir des amitiés profondes et intéressantes, comme celles d'un Pietro Bembo, d'un Aldo Manuzio, d'un Marcello. Sa position l'obligeait à connaître tout le monde et notamment le monde des artistes, puisque le Conseil des Dix l'avait très tôt nommé à la surveillance et l'embellissement des bâtiments publics. Parmi les peintres, il appréciait particulièrement Maestro Bellini et ce jeune Tiziano Vecellio dont il pressentait le talent.

Il aimait les femmes, les charmait parfois, les traitait toujours en œuvres d'art, mais d'un art un peu décadent, agréable aux yeux, nécessaire à la décoration du monde, mais jusqu'ici inapte à provoquer chez lui une émotion profonde. Sa maîtresse était une femme du peuple, une femme sans gloire, dont il aimait la bonté sans artifices. Fantina Cavazza, issue d'une famille de maîtres à l'arsenal, avait ployé, quelques années plus tôt, sous le charme incontestable du secrétaire au Conseil des Dix dont elle tenait la maison. Elle y joua successivement le rôle de servante, de gouvernante, de maîtresse. Quand elle se trouva enceinte, elle ne pleura pas, parce que ces choses sont le lot des femmes. Tant d'hommes importants ont des enfants naturels. La société vénitienne, contrairement aux principes déclarés de l'Église, se plie aux souhaits de la nature ; par contre, elle régente l'ordre social et un citadin n'épouse pas une femme du peuple. Mais surtout, *Messer Nicolò*, comme Fantina l'appelait toujours avec révérence, était un homme bon. Bien qu'elle eût la chance de lui donner un fils, il ne voulut pas arracher l'enfant à sa mère ; il acheta dans le *sestiere* de Santa Croce une maisonnette avec deux chambres, une boutique et un bout de patio assez grand pour contenir le tronc de l'arbre qui ombrageait les courettes voisines et quelques pots de jacinthes. Un palais. Fantina avait installé son atelier de brodeuse dans la pièce donnant sur la rue, s'était fait quelques riches clientes qui lui apportaient du linge à rehausser de son art, surveillait le joli bambin qui crapahutait sous le pupitre de l'atelier, faisait pousser des fleurs dans ses potées, accueillait de proche en proche Messer Nicolò qui ne venait jamais sans une bourse ou un cadeau pour elle ou pour l'enfant et elle allait chaque dimanche remercier la Vierge de Santa Croce de lui avoir octroyé une vie aussi douce et un amant aussi généreux.

Quand, en 1509, était venue cette galère d'Alexandrie avec ses cales remplies de balles de coton moisi, plusieurs familles de l'arsenal furent atteintes de la peste. Bien que l'épidémie fût rapidement enrayée, le frère de Fantina et les siens comptèrent parmi les victimes. On vit alors le doigt de Dieu dans le fait que le plus jeune, alors âgé de huit ans, avait échappé au fléau. Nicolò Aurelio trouva tout naturel que Fantina recueille son neveu et que les deux garçons fussent élevés ensemble. Ainsi, le petit Costantino s'était vu soudain enrichi d'un cousin de deux ans son aîné, portant le nom de Nicolò Cavazza. Fantina s'empressa de le rebaptiser Nicolino, puisque rien ne pouvait être comparé avec *Messer Nicolò*, a fortiori, confondu. Âgés de huit et dix ans, les deux garçons étaient devenus si complices que tout le quartier les appelait « les frères Cavazza ».

Quand Aurelio poussait la porte de la boutique, il se sentait aussitôt pénétré de la paix qui régnait dans la maison de Santa Croce. Il ne venait pas régulièrement, et ne s'annonçait jamais. Il se pardonnait ce trait d'égoïsme en constatant que chacune de ses apparitions était fêtée comme la visite des rois mages. Fantina levait la tête de son ouvrage, son visage de femme sans beauté éclatante s'illuminait aussitôt d'une beauté de madone, elle cambrait le buste pour mieux tendre ses lèvres, il y posait les siennes avec une légèreté affectueuse. Fantina se pliait à son humeur. Il se vidait l'esprit en la regardant travailler sans dire un mot, assis à califourchon sur une chaise retournée. Il était comme l'oiseau qui reprend son souffle sur la branche où il vient se reposer. Elle aimait qu'il l'admire et, pour prolonger ce plaisir innocent, elle l'entretenait de mille choses domestiques, parlait des enfants, de son travail, de ses clientes. Lui répondait à peine. Elle savait qu'il possédait trop de secrets pour aimer parler. Il entretenait ainsi un mystère dont il s'auréolait. Elle se disait que sa maison n'eût pas été pour lui ce havre hors du monde s'il y eût partagé ses soucis et si on n'y eût pas respecté ses silences.

Au bout d'un temps variable, il sortait de sa contemplation. Il se levait alors, allait pousser le verrou de la porte, enlevait Fantina à son pupitre de brodeuse, la portait vers la chambre comme une jeune épousée et l'entraînait dans un autre monde. La femme mûre, pleine et apaisante, recevait avec une pieuse humilité ses caresses profanes. Consentante et soumise comme la Vierge à l'annonciation, elle n'en gémissait pas moins d'un ardent plaisir païen. La Vierge de Santa Croce, naïve et bleue, lui souriait depuis son cadre en face du lit, tandis qu'à ses côtés, un homme puissant et mystérieux lui prodiguait des caresses. Entre l'approbation de l'une et les tendres assauts de l'autre, Fantina Cavazza accédait aux sommets de son bonheur de femme.

C'était le rite tendre, qui se prolongeait jusqu'à la cloche de vêpres. La porte était déverrouillée et la soupe était fumante lorsque surgissaient les enfants, au retour de l'école des moines. Alors commençait le rite joyeux. Aurelio se baissait à leur hauteur, leur tendait les bras et ils venaient se frotter à sa barbe. Puis, autour de la table dressée, chacun étant debout derrière sa chaise, Messer Nicolò disait les grâces et c'était toujours un instant solennel car il récitait les prières en latin, comme le prêtre à l'église, comme Sa Sérénité le Doge au pied duquel il avait sa place et comme les gens instruits que les enfants seraient sûrement un jour sous sa haute protection. Après avoir complimenté Fantina sur la qualité de son potage, il questionnait les enfants, en commençant toujours par l'aîné.

– Que vous ont appris les moines aujourd'hui, Nicolino ?

Nicolino, l'enfant adopté, déjà éprouvé, trop sérieux pour son âge, répondait avec compétence, ordre et précision. Aurelio espérait en faire un exemple pour Costantino qui n'attendait pas son tour pour intervenir avec un à propos trahissant un esprit vif, un caractère curieux, raisonneur, confiant, enjoué. Fantina retirait de ces interrogatoires paternels une instruction qu'elle n'avait pas reçue. Elle s'effaçait mais écoutait de toutes ses oreilles, non sans tenter à mi-voix de modérer les élans de son fils :

– Costantino, n'interromps pas ton père et ne pose pas tant de questions.

Mais Aurelio répondait toujours et en posait d'autres qu'il donnait à résoudre pour sa prochaine visite. Ainsi était maintenu un équilibre familial, d'une rassurante monotonie, et il venait se vautrer à loisir dans ce bonheur tranquille dont il se sentait le démiurge.

Mais depuis quelque temps, Fantina sentait un changement dans l'attitude de Messer Nicolò. Messer Nicolò devenait plus sombre, à la fois plus fermé et plus agité. Une sourde impatience semblait gronder en lui qui le rendait plus distant, plus nerveux, parfois plus brusque en faisant l'amour. Fantina, sans poser de question, sentit la présence d'une femme et décida de ne plus se soumettre aux désirs d'Aurelio, mais de les devancer.

Aussi, ce jour-là, à peine eut-elle reçu le baiser un peu distrait sur les lèvres, elle perçut la crispation du front et ne lui laissa pas le temps de retourner la chaise. Elle planta là son aiguille dans le cœur d'une pivoine, se souleva un peu plus, lui ôta ses gants, affirma que ses mains étaient glacées, les réchauffa entre les siennes, les posa sur les flancs de son corsage, vérifia la température de son cou, de ses joues.

— Fait-il donc bien froid déjà !

Puis elle reprit les mains de l'homme, les posa sur ses seins. Il se laissait manipuler avec un pâle sourire mais quand il se dégagea pour aller pousser le verrou, Fantina sut qu'elle gagnait. Elle lui reprit aussitôt les mains pour l'entraîner vers la chambre.

— Venez, il y fait plus chaud.

Il n'y faisait pas plus chaud et bien qu'Aurelio n'ait pas eu les mains froides, de voir la belle main baguée de son prince écarter le jupon de coton et parcourir la blancheur de sa cuisse procura à la brodeuse un frisson digne des grands froids.

– Qu'as-tu, aujourd'hui, Fantina ?

– Je vous attendais, Messer Nicolò. Je vous ai attendu plus fort que d'habitude.

Aurelio, dont le langage était carré, se disait qu'il était possible d'attendre plus ou moins longtemps, mais plus ou moins fort... Il comprit bientôt son langage à elle, celui de son corps de femme mûre dont les formes émouvantes apparaissaient à mesure qu'elle laissait glisser sa robe. Elle ne prit pas le temps de la ranger, elle tendit les bras et en un tournemain de couturière, dénoua les aiguillettes de ses chausses à lui avec une impatience enjouée. Ce fut lui qui se laissa conduire par l'humeur de Fantina et quand il la renversa sur la couche et interrogea un instant ses replis les plus intimes, il comprit à quel point elle l'attendait fort.

Aurelio ne se laissa pas attendre plus longtemps. Il s'enfonça avec délice dans la chair tendre qui l'appelait, le retenait prisonnier, le pressait, l'étreignait afin d'aiguiser son impatience. Elle accompagnait son mouvement, y mêlait ses gémissements. De s'entendre gémir pour l'encourager, elle eut l'instinct de relâcher toutes ses pudeurs et de devenir cette femme inconnue qui s'était sûrement emparée de son homme. D'un coup de reins, elle se détacha de lui, le laissant ahuri, pantelant, en proie aux frémissements dans lesquels se délitait la montée de son plaisir.

— Pas si vite, souffla-t-elle.

— Coquine, où as-tu appris cela ?

Fantina se contenta de sourire. Elle ne l'avait appris nulle part, bien sûr, et il le savait aussi. Elle avait reçu cette science à la naissance, en même temps que son sexe, ses entrailles chaudes et sa chair de velours. Mais sans doute les hommes aiment-ils s'imaginer que la science de l'amour s'apprend à leur école, comme l'écriture et la conduite des chevaux. Fantina ondula, roula sur elle-même, jouit infiniment de la stupeur de l'homme, de sa propre audace d'avoir pris pour la première fois l'initiative dans les jeux de l'amour.

Elle obligea Aurelio à s'étendre sur le dos et fit la cavalière. Il sourit, lui prit les hanches qu'elle avait amples, leur imprima son mouvement. Mais elle se mouvait de façon plus complexe, plus subtile et plus étourdissante, se soulevant à chaque impulsion et offrant le spectacle de son corps transfiguré par la volupté. Les boucles de ses cheveux défaits roulaient sur ses épaules blanches, elle jetait la tête en arrière, contractait le ventre pour mieux enfermer son amant, ses seins lourds chaloupaient au rythme de ses hanches. Elle était belle. Il le lui dit ; à ces mots, elle s'enhardit encore.

Elle vit bien que Messer Nicolò connut ce jour-là un plaisir plus intense que d'habitude et en garda une impression triomphante qui balaya ses inquiétudes et une part de sa timidité.

Quand Aurelio se fut apaisé, il se lova contre elle et lui murmura simplement dans les cheveux :

– C'était bon. Merci Fantina. Merci.

Elle reçut le compliment comme une approbation. Elle lui voyait le front lisse, le visage serein et elle en fut contente. Et puisque Messer Nicolò avait aimé son audace, la madone n'y trouverait rien à redire.

Ils avaient probablement sommeillé un peu et la cloche de vêpres les réveilla tout à fait. Il fallait se lever, se rhabiller, réparer le désordre, dresser la table, reprendre sa dignité avant le retour des enfants. Aurelio fit tout cela à regret. Il aurait préféré prolonger ces moments de délice où la fièvre fait place à la volupté. Il aurait voulu se perdre encore dans les seins de Fantina qui l'avait transporté loin d'un quotidien rempli de grisaille, lui avait fait oublier pour quelques heures le dilemme qui le tenaillait et la présence de Laura qui compliquait sa vie. Il se sentit si lourd, tout à coup, chassé du paradis, jeté en pâture à ses obsessions qui revenaient comme une meute de chiens le menacer de leurs gueules grimaçantes.

D'une humeur encore instable, il se prêta sans mal au rite joyeux du retour des enfants, récita la prière et se mit à table devant la soupe pour s'entendre dire

– Et qu'avez-vous appris aujourd'hui, Nicolino ?

– Dom Jacopo nous a raconté la pêche miraculeuse, *Zio*.

C'était charmant d'être appelé « mon oncle » par cet enfant intelligent, respectueux.

– C'est une belle histoire, commenta le Zio en souriant.

– Mais elle finit mal, lance Costantino. Leurs filets ont craqué et leur barque a failli s'enfoncer dans l'eau.

– Cela vaut mieux, pour un pêcheur, que de rentrer bredouille, non ?

Aurelio s'en voulut de cette réponse triviale, sans rapport avec la symbolique profonde de l'épisode biblique. Costantino considérait déjà cette objection fondamentale de son père, mais celui-ci préféra laisser parler la sagesse de Nicolino :

– Nicolino, explique donc à ton frère ce qui semble lui avoir échappé.

Et Nicolino, docile, se mit à réciter :

– Un jour, Jésus s'approcha du lac de Tibériade où ses apôtres pêchaient depuis longtemps sans rien prendre. Jésus les appela et leur dit : « Jetez votre filet à droite ! » Ce n'était pas l'habitude et ils s'interrogèrent. Mais ils lui firent confiance et prirent tant de poisson qu'il fallut deux barques pour ramener toute leur pêche au rivage.

– Ça, c'est une façon de dire qu'il ne faut pas toujours faire comme on en a l'habitude, dit Costantino.

– Oui, mais c'est aussi une leçon de confiance, ajoute Nicolino.

Aurelio, dont les pensées voguaient encore dans ses mondes intérieurs, se prit à réfléchir sur cette double interprétation. En d'autres temps, il en aurait tiré un énième commentaire sur l'effet d'une éducation identique appliquée à des tempéraments différents et se serait demandé par quels détours imprévus l'enseignement classique des prêtres rebondissait autrement dans la cervelle de son fils. Mais aujourd'hui, l'interprétation de Costantino produisait une résonnance étrange. Quitter ses habitudes, n'était-ce pas ce que venait de faire Fantina ? Faire autrement, une fois, pour voir... et s'en trouver bien. C'était une vision intéressante mais il y réfléchirait plus tard. Il n'avait pas la tête, aujourd'hui aux spéculations philosophiques. Il se sentait un peu las et se contenta d'assister de loin à une conversation familiale ordinaire, comme il devait s'en produire cent autres en dehors de sa présence. Ne pas intervenir, une fois, pour voir...

Il se concentra donc sur le parfum de noix qui émergeait subtilement à chaque lampée de soupe et venait assourdir d'un arôme de terre la saveur verte des légumes. Les propos échangés entre les deux garçons roulaient sur la confiance et il laissait dire Nicolino, qui, fidèle au sermon de Dom Jacopo, prêchait la confiance en Dieu. Il n'y avait rien à redire et Costantino, fidèle, lui, à ses principes personnels, voulait bien faire une exception pour Dieu, sa mère, son père, voire même son cousin, mais refusait obstinément à quiconque sa confiance absolue.

— Regarde mon meilleur ami, Franco, disait-il à bout de ressources, ça fait combien de fois qu'il me promet de m'emmener à la pêche. J'attends toujours !

Or, Costantino était aussi un grand sentimental. Il ne supportait pas les trahisons d'amitié et avait lancé sa phrase avec déjà des larmes dans les yeux. Fantina intervenait pour rassurer l'enfant.

— Mais non, Costantino, tu dois toujours faire confiance à ceux qui ont mérité que tu leur donnes ton cœur.

La phrase était venue effleurer Aurelio au moment où il rompait le pain. Il suspendit son geste. Un instrument nouveau s'était introduit dans le duo des voix, une voix grave, douce, des paroles qui sonnaient autrement que celles de l'Évangile et pénétraient beaucoup plus loin dans ses fibres sensibles. C'était la voix de Fantina.

— Répète ce que tu as dit, Fantina ?

Fantina, toute confuse d'avoir parlé en lieu et place de Messer Nicolò, rougit légèrement en répétant sa phrase à mi-voix, gênée sans doute d'avoir prononcé des paroles si naïves. Costantino, frappé par la gravité soudaine de son père, suspendait son élan et oubliait ses larmes. Aurelio sentait sur lui le regard de l'enfant. Il devait répondre à son interrogation muette. Il fallait dire n'importe quoi, conclure la conversation qu'il avait abandonnée et y revenir, l'autorité indemne, et sans laisser voir les marques que certaines paroles laissent sur son âme à vif. Il posa doucement la main sur l'épaule l'enfant :

— Ta mère a raison, Tino. C'est une leçon de confiance. Mais tu as raison aussi, c'est une question de changer de méthode.

10 : LES AVE MARIA

En vérité, c'était une leçon double : changer de méthode et faire confiance à ceux qui le méritent. Dans la gondole du retour, Aurelio remit à plus tard l'analyse de ces notions fondamentales et n'en commença pas moins par sacrifier à une habitude, celle de tirer les conclusions de sa visite. Il avait fait superbement l'amour et Costantino avait une fois de plus suscité la controverse. Il ne pouvait s'empêcher de ressentir une bouffée de bien-être pour avoir tiré des cris de félicité à Fantina et de fierté pour avoir produit un fils aussi pétillant que Costantino. Cet enfant, qui discutait tout ce qui lui était proposé, ferait un homme plein de ressources mais hélas, un mauvais secrétaire. À surveiller. Car dans le métier de secrétaire, on étouffe les questionnements en marge des doctrines. Un secrétaire à l'esprit critique n'exécuterait pas ce qu'on attend de lui et ne ferait pas carrière. Venise est en paix justement parce qu'on n'y a pas mélangé les tâches des patriciens, des citadins et du peuple. Ces trois ordres représentent chacun trois catégories d'êtres humains : ceux qui jugent, ceux qui exécutent et ceux qui travaillent. Aux premiers le discernement, aux seconds l'obéissance, aux troisièmes le courage. Le jour où cette disposition sera bouleversée, ce sera la complication et l'anarchie, ce qu'à Dieu ne plaise. Le Conseil des Dix, qui appelle cela le trouble et le scandale, se signe à leur évocation.

Certes, tout cela n'est qu'une théorie bien commode, mais l'être humain est trop complexe pour s'y soumettre. Costantino serait un de ceux qui s'y soumettraient le plus difficilement. Dans la fourmilière sociale, n'était-il pas lui-même, Nicolò Aurelio, un cas de complexité dérangeante ? Quoique, comme maître des exécutants, il avait officiellement droit à la faculté de jugement, ce qui le conduisait à envisager avec sérieux que l'épisode de la pêche miraculeuse pouvait fort bien comporter une double leçon : jeter ses filets de l'autre côté et faire confiance à qui l'a mérité.

Le principe était beau, encore que « qui l'a mérité » soit une notion soumise à jugement. S'il s'agissait de Dieu, point de jugement. S'agissant de ses parents, de sa famille, la coutume est de ne point juger, quoique. S'agissant de ses amis, de « ceux qui ont mérité que tu leur donnes ton cœur », double question. Un : méritent-ils que tu leur donnes ton cœur, et, par voie de conséquence, deux : as-tu eu raison de le leur donner ? Ah ! Parfois, on donne son cœur simplement parce qu'il est à prendre et que l'oiseau qui passe est trop beau. Costantino aussi se demandait s'il avait eu raison de faire confiance à son ami Franco. C'était sa seule question et c'était pour faire plaisir à Fantina et ne point déflorer les rêves de l'enfant que lui, en tant que père, avait abondé dans le sens de la confiance. Mais qu'est-ce que la confiance ? La voix de l'instinct ou l'obstination dans l'erreur ?

Cette pensée le ramenait à Laura, à ses doutes, à tout ce qu'il venait d'éviter à Costantino et que son fils connaîtrait un jour, le plus tard possible, s'il voulait vivre parfaitement heureux. Car c'est une malédiction que de réfléchir, douter, s'interroger sur sa conduite. La fourmi, qui ne réfléchit pas, fait son miellat et elle est heureuse et la fourmilière ne connaît pas le trouble. Le Conseil des Dix d'une fourmilière n'aurait jamais à se signer ; mieux : il n'aurait rien à faire. Pas de fraude, pas de crime, pas de passions, pas de débordements. Personne, rêvant d'augmenter sa pêche, n'aurait inventé les barques pour aller plus loin. Point de galère, point de conquêtes, point de richesse, point d'art pour transfigurer le monde, car personne n'aurait eu l'idée de jeter ses filets de l'autre côté, rien que pour voir. Voir autrement.

Et cela le ramena à son enquête : s'il quittait la voie facile de l'évidence, s'il quittait l'obsession de l'image qu'il se faisait d'autrui –pourquoi n'oses-tu pas dire de Laura, Aurelio ?–, image aggravée par tes scrupules, la crainte que tu as de mal placer ton cœur, la crainte que tu as de trahir… Si après tout, tu la croyais, cette Laura qui te déchire la conscience, si en un mot, tu lui faisais confiance, cela mènerait à quoi ?

Appliquons : si vraiment le contenu des poches de Ser Priuli, le soir du souper, était *seulement une paire de gants et une bour*se ? Si Ser Priuli, selon sa réputation d'honnête homme, était venu là les poches vides, ayant laissé chez lui les précieux documents de la République, bien rangés dans le coffret, le coffret bien à l'abri dans son bureau, et la clé du coffret suspendue à son cou ? Mais alors, où et quand a-t-on vidé le coffret et pourquoi en avoir glissé un feuillet dans la poche du vêtement ? La réponse à la première question entraînerait sans doute la solution de la deuxième, d'où l'intérêt de travailler la première.

Où a-t-on pillé le coffret ? Là où il se trouvait, bien sûr, dans une pièce de la casa Priula. Quand ? En l'absence du notable, cela va sans dire. On aurait pu en forcer la serrure. Seulement voilà : la serrure n'avait pas été forcée, ce qui supposait que quelqu'un avait dérobé la clé à la victime. Comment cela fut-il possible ? *Per Bacco*, Ser Priuli, déjà malade en rentrant chez lui, entra bientôt en crise et devint très vite inconscient, ou du moins tellement malade qu'il était dans un état équivalent. Cela n'expliquait certes pas l'unique feuillet resté dans la poche, mais c'était suffisant pour qu'Aurelio, rentré chez lui, écrive un billet et pria son valet Mario d'aller réveiller Mosca pour le lui donner en mains propres. Il enjoignait à son sbire d'aller à la première heure le lendemain quérir la femme de chambre de Donna Priula, de l'amener au palais des Doges et de l'installer sur une sellette, dans la chambre voisine de celle de la corde.

Le lendemain, au septième coup de la marangona, la cloche annonçant le début de la journée de travail, Mosca jaillit de dessous les arcades intérieures du palais des Doges, rejoignit le Grand Chancelier qui s'apprêtait à monter les marches. Aurelio, sans s'arrêter, écouta le rapport oral : la femme attendait là haut, si inquiète et tremblante qu'il n'avait pas eu la cruauté d'ouvrir la porte donnant sur la corde.

— Croyez-vous vraiment que ce soit nécessaire ? questionnait le sbire. Quelle lumière peut vous apporter cette pauvre créature ?

— Mosca, il est souvent plus utile d'interroger servantes et valets plutôt que les maîtres. Ceux-ci ont leur orgueil, leur quant-à-soi à respecter, leurs secrets, leurs zones douloureuses, leurs passions…

— Le domestique a les siennes…

— C'est vrai. Mais il a sur les maîtres un regard distant, souvent critique, parfois jaloux ou envieux. Parfois au contraire, il s'identifie tellement aux maîtres qu'il avoue en toute innocence ce que ceux-ci veulent cacher par malice. Oh, je sais, il est mal d'exciter les mauvaises passions comme l'envie, pire d'exploiter la naïveté, mais si la vérité est à ce prix… Venez avec moi, emmenez de quoi noter, Mosca. Je questionnerai et vous me servirez de secrétaire, une fois n'est pas coutume.

Comme Aurelio avait l'air moins sombre que la veille et même assez confiant, Mosca obtempéra sans demander en quoi les déclarations d'une pauvre paysanne qui parlait un patois horrible étaient dignes d'être notées sur bon papier.

Ils la trouvèrent ramassée sur elle-même, son ample croupe débordant du siège étroit, ses petites jambes courtaudes écartées laissaient pendre un jupon sans couleur. En contraste, ses joues de pomme rouge avaient viré au cramoisi et brillaient autant que ses petits yeux agrandis par la peur. Aurelio se souvint qu'elle s'appelait Betta et l'aborda avec douceur, posa des questions simples, ne se priva pas de répéter certaines phrases. Lui qui s'emportait facilement sur la lenteur d'un secrétaire, faisait preuve d'une patience qui stupéfia Mosca. Ils apprirent ainsi que Betta, née, apparemment quinze à vingt ans plus tôt, était venue à pied de son Frioul natal où les bandes de janissaires faisaient la chasse aux paysans comme on fait des battues au sanglier. Elle avait exercé tous les métiers de manutention et de soin des bêtes, s'était couchée dans le foin et dormait dans les étables à l'abri des vaches ; elle avait servi du lait aux Autrichiens et puisé de l'eau pour la garnison vénitienne de Trévise. Un jour, confondant dans la rue l'étalon du gouverneur avec un cheval de labour, un coup de sabot l'envoya sur un lit de paille à l'ospedale où Donna Moceniga, l'épouse du gouverneur, la prit en pitié. Quand elle fut guérie de sa blessure, on apprit que Donna Priula cherchait une servante issue de la terraferma, une costaude paysanne. Comme mé, quoué !

— Savez-vous pourquoi Donna Priula tenait à avoir pour servante une costaude paysanne ?

— Ben, *perdi'*, faut êt'solide, pour quérir el bois, monter l'bain, et courir les rues pou' les commissions !

— Dois-je noter cela, Excellence ? questionna Mosca.

— Bien sûr, Mosca. Et quel genre de commissions faisiez-vous pour votre maîtresse ?

— Ouh, j'allons point au marché où ce qu'y faut compter et remett' l'argent. Non pas qu'elle manque d'fidance. Ça, pou' la fidance, y a pas plus solide qu'mé. Mais j'savons seulement, compter jusqu'à troué et la Dame, elle, a sait jusqu'à cent, même qu'a r'gard' cent fouès ce qu'a m'donne.

— Notez, Mosca. Donna Priula compte murmura Aurelio. Puis à voix haute : Et que vous donne-t-elle ?

— *Perdi'* bonne bourse, bien fermée avé' la cire.

— Notez, Mosca : la confiance est une denrée à valeur limitée.

Mosca émit un gloussement tandis que sa plume crissait sur le papier.

— Et quel genre de commissions faites-vous pour votre maîtresse ? répéta Aurelio.

La fille fronça le sourcil. Son effort intellectuel était plus lourd qu'une brassée de bûches.

— Bé… aller ici où là, vu qu'a n' sort que pou' la messe… quérir une coupe de tissu chez l'marchand, pou' les robes ou bien pou' les coussins… aller chez la brodeuse et ram'ner l'linge. L'aut'fouès, c'était au tapissier pou' ram'ner un édredon qu'a fallait rapiécer, vu qu'le chiot l'avait pissé dessus…

Aurelio avait dressé l'oreille. La brodeuse. Fantina travaillait pour une clientèle riche. Elle devait connaître la rude paysanne et, à travers les travaux qu'elle faisait pour la Signora Priula, elle était à même de deviner les goûts et préoccupations de la patricienne. Comment n'y avait-il pas pensé ? Mais comme il ne voulait pas risquer d'entendre prononcer le nom de la brodeuse, il rangea dans un coin de sa mémoire ce détail nouveau.

– La Signora Priula ne sort jamais pour son agrément, dit Aurelio avant de traduire : elle ne sort jamais seule ou avec vous pour aller aux *beccarie*…

– Oula, non !

– Aux *mercerie*… ?

– Oula, oula, c'est pas la place d'une dame, se récria Betta, révulsée à cette pensée au point de faire avec ses gros doigts rouges le geste délicat de répulsion imité de sa maîtresse.

– Elle ne sort donc jamais, conclut Aurelio à l'adresse de Mosca.

– Jamais, au grand jamais, confirma la paysanne croyant qu'on insistait. Seulement l' matin, à messe avé' mé, appoyée su' m'n épaule. Et seulement l' soir, avec not'maît, quand qu'a mettait ses robes.

– Comment achète-t-elle ses robes, si elle ne sort pas ?

– Bé, a fait v'nir el marchand Tessi et la couturière Anzelina.

C'était là la manière florentine, se souvint Aurelio. Les Vénitiennes ont la mauvaise réputation de se montrer à tout propos. À Florence, la guerre civile a donné aux femmes respectables l'habitude de se cloîtrer. Betta, bonne fille, supposant qu'il ne comprenait pas, décida d'expliquer jusqu'au bout, sur le ton que l'on prend pour rassurer un enfant :

– Adonc, quand qu' c'est fini, j'y vas chercher l' tout ave' la bourse qui contient l' prix conv'nu. Et c'est pareil pour tout, pou' les socques, pou' les bas, les jupons, les ceintures, les plumes, les masques, les perruques, les chapeaux, les béguins, les dentelles, les gants, les mouchoirs, les parfums, la cassette de l'apithicaire, les corsages, les bijoux, les tapisseries, les onguents, les tisanes, les dragées, les massepains…

Mosca attendait, la plume levée, la fin de l'énumération. Non, il ne voyait pas l'intérêt de noter tout ce fourniment des préoccupations féminines. Il assistait au déballage, moitié amusé, moitié lassé de traduire en beaux mots vénitiens les sons embrouillés qui sortaient de cette bouche rustique. Or, pour son désespoir, Aurelio avait soudain levé un index. On aurait dit un chien de chasse qui avait flairé le passage d'un gibier. Lui aussi laissait néanmoins s'épuiser la liste qui déferlait en confiance, peut-être avec une sorte de fierté d'avoir pour maîtresse une dame si raffinée dans ses goûts et exigeante dans ses besoins. Le flot tari, Aurelio dit, avec le plus grand naturel :

– Qu'est-ce qu'il y a, d'habitude, dans la cassette de l'apithicaire ?

Ce fut au tour de Mosca de tressaillir. Un apothicaire, bien plus qu'un mercier, qu'une brodeuse ou qu'un gantier est une mine de renseignements sur la vie intime des gens.

La pauvre fille arborait un sourire ébréché qui confirma à Aurelio sa théorie sur les passions du domestique et il attendait sa réponse la narine frémissante.

– Beh, des onguents, *perdi'*, des onguents pour les cheveux. C'est toujours la même cassette. Une foué j'vas la porter vide ; j'y vas l'lendemain pou' la ram'ner pleine en même temps que j'y donne une bourse scellée. V'là tout.

– Quel est le nom de cet apithicaire ? questionna Aurelio dont les pensées bondissaient en tous sens.

– Erbabuona. L'habite à San Cassiano. C'est pas la porte à côté.

Aurelio et Mosca échangèrent un regard rapide. Mosca passait en revue ce qu'il avait à faire de sa journée et calculait déjà quand y caser une expédition à San Cassiano pour y enlever l'apothicaire Erbabuona. Mais le Chancelier ne laissait rien paraître et faisait celui pour qui ce détail n'avait après tout aucune importance. Betta s'était un peu rassurée. Elle devait avoir compris qu'elle n'était accusée de rien et que, au contraire, des hommes importants avaient besoin de ce qu'elle savait, étaient à sa merci, en quelque sorte. Cela lui donnait un certain aplomb qui l'avait menée jusqu'à ce sourire, sourire qui disparut bientôt lorsque Aurelio reprit son interrogatoire.

– Betta, racontez-nous ce qui s'est passé la nuit où Ser Priuli est revenu chez lui pour mourir le matin.

– Oh, nuit d' malheur, gémit la paysanne. Un si bon maît'…

– Des faits, Betta, coupa Aurelio d'un ton cassant.

Betta, avala sa salive avant de répondre.

– Beh, Messer Sirio étant v'nu frapper à ma porte…

– Qui est Sirio ?coupa sèchement Aurelio.

– Beh, le valet d'chamb' de Messer Priuli, *perdi'*. L'est v'nu m' réveiller en m'disant que not'maît' se sentait mal et qu'y fallait réveiller ma maîtresse. A chuis v'nue su' ses talons dans la chamb'du maît'. Oula, oula, qu'il était mal. Vert, il était.

– Qui était présent dans la chambre ?

– Y avait la Signora, Messer Sirio et moi, que j' savais pas quoi faire, étant donné que le maît' vomissait en s'tenant les tripes pou' pas qu'elles s'en aillent.

– Que faisiez-vous ?

– Le Sirio soutenait le maît' pendant que ma maîtresse lui donnait un r'montant. Pi elle m'a envoyée chercher des bûches au bûcher. A voulait faire du feu pou' réchauffer son corps, vu qu'y tremblait comme un chat mouillé.

– Et quand vous êtes revenue du bûcher, qui y avait-il dans la chambre ?

– La Signora. Et le Signor, évidemment, qu'a tremblait toujours.

– Et Sirio ?

– L'était parti quérir le médecin.

– Et c'est vous qui avez allumé le feu.

– Comme d'habitude. Mais à la première flamme, la Signora m'a donné son roseraire et m'a envoyée à la cuisine préparer une infusion de valériane.

— Et quand vous êtes revenue avec la tisane, qui était là ?

— Beh, la Signora, *perdi'*.

— Et qu'a-t-elle fait, alors ?

— Beh, a t'nait la main d' son époux qu'a tremblait toujours… a fait avaler la tisane qu'était comme noire, tant j'y avais mis des racines… Mé, j'attendais, question de ram'ner la tasse et j'suais à grosses gouttes, vu qu'avait un feu d'l'enfer.

— Et vous êtes repartie à la cuisine après ?

— Nenni, a m'a d'mandé d'rester pou' l'aider à soul'ver les coussins, faire ceci, faire cela… Pi Messer Sirio est tôt rev'nu avé'l'médecin. Alors seulement, chuis partie pour de bon finir mon roseraire dans ma chamb'.

Aurelio, immobile et impénétrable, observait Betta. Celle-ci ne se troublait pas. Elle disait la vérité, une vérité simple et sans détour, comme les circuits rudimentaires de son cerveau. Pourquoi la Signora Priula tenait-elle à avoir pour servante une costaude paysanne un peu rustaude telle que Betta ? Il y avait là une question qui n'était pas anodine. Mais une question plus immédiate s'imposait :

— Qu'entendez-vous par roseraire ?

— Bé, c'que j'entends… roseraire, quoué.

— Qu'est-ce qu'un roseraire ? insista Aurelio contenant une bouffée d'impatience.

— Ben, c'est pour'compter l'temps d'infusion, *perdi'*. On compte toujours en ave Maria. Que pendant les prières, on d'mand' la miséricorde de Dieu. Et y fallait bien, vu l'état d'not' maît'.

– Et il n'y avait pas de rosaire dans la cuisine ? intervint soudain Mosca.

– Si, mais la signora m'a donné l'sien qu'est précieux et vu qu'il est précieux, les prières ont plus d'effet. Et p't êt aussi pour pas qu'j'oublie.

– Ça vous arrive, d'oublier ? prononça Mosca distraitement.

– Faut croire… A disait toujours que j'ai qu'une pauv'tête, vous savez…

Aurelio écoutait, perplexe. Il savait qu'une manière de compter les minutes, c'était de réciter des Ave Maria. Quatre Ave Maria équivalaient à une minute. C'était donc pour cela qu'il avait toujours vu des chapelets accrochés à un clou, dans les cuisines : pour compter les temps de cuisson ! Mais à vrai dire, il n'était pas un habitué de ces lieux. L'Église savait-elle que le meilleur de sa troupe en prière se recrute devant les fourneaux ?

– Comment avez-vous préparé l'infusion ? se hasarda Mosca.

Aurelio se rappela que Mosca ne badinait pas avec les recettes de cuisine.

– Beh, comme la Signora m' l'a d'mandé. Des racines à foison, d'l'eau bien boulie, qu'a fallait rallumer l'fourneau d'abord, et faire infuser en restant d'vant à réciter les Ave Maria.

– Combien d'Ave Maria ?

– Deux chapelets, comme la Signora m' l'a d'mandé !

– Deux chapelets ! s'écria Mosca. C'est beaucoup, pour faire infuser de la valériane.

Aurelio releva brusquement la tête. Il comprenait soudain l'intérêt qu'il y avait à descendre de temps en temps faire un tour aux cuisines.

11 : DES RATS

— Mes félicitations, Mosca. Sans vous, nous nous cassions les dents sur un mur lisse.

Sous la parole flatteuse, Mosca grandit d'un pouce. Aurelio était sincère, au point d'avoir usé du « nous » qui, en cette occurrence exceptionnelle justifiée par le mérite, pouvait bien pour une fois mettre chef et adjoint sur le même pied. L'interrogatoire de Betta s'était prolongé quelque peu, le temps de noyer la réflexion de Mosca sur les deux chapelets. Il fallait imprimer dans la mémoire courte de la paysanne un détail épais mais sans importance, de peur qu'aussitôt libérée de la salle d'inquisition et retrouvant sa maîtresse, elle s'en aille répétant devant celle-ci les dernières paroles échangées, celles-là même qui ouvraient une piste encore inexplorée. Au bout d'un long effort mental, Betta avait donc aligné quelques noms de fournisseurs d'affutiaux qui comptaient la belle

Donna Priula dans leur clientèle régulière. Aurelio ne doutait pas que l'exercice avait été si pénible pour la servante que c'était là la seule chose qu'elle rapporterait à sa maîtresse.

Les deux hommes avaient donc quitté la lugubre salle de l'inquisition pour se retrouver dans le bureau étroit et confortable du Grand Chancelier, la porte bien fermée pour préserver leurs cogitations.

— Reprenons, Mosca. Ser Priuli revient malade d'un dîner chez des amis. Il a sur lui une clé qui ne le quitte pas, clé qui est celle d'une cassette se trouvant dans son bureau, cassette qui contient des documents de la République.

— Il ne les avait plus sur lui au dîner ?

— Quoi donc ?

— Les documents… nous pensions qu'il les avait sur lui. Nous ne le pensons plus ?

— Non. Du moins, j'accepte l'hypothèse qu'il ne les avait pas, répond de mauvaise grâce Aurelio que le « nous » titillait à nouveau désagréablement.

Le Chancelier ignora la grimace de doute et de résignation de Mosca, poursuivit :

— Dans la chambre du malade, s'activent le valet Sirio, Donna Priula et la servante Betta. Quand Betta revient du bûcher avec du bois pour faire du feu dans la cheminée, le valet Sirio est parti et Donna Priula, le feu sitôt allumé, envoie la servante à la cuisine avec mission de préparer une infusion de valériane. Là, elle doit allumer le fourneau et laisser infuser le temps de deux chapelets, ce qui nous fait… ?

— Deux fois cinq dizaines d'Ave Maria, sans compter les patenôtres, achève Mosca. Cela fait cent prières. À quatre prières la minute, cela fait au moins vingt-cinq minutes, plus le temps d'allumer le fourneau…

— Je ne vous le fais pas dire. D'ailleurs, il me souvient que le valet Sirio avait déclaré être revenu au bout d'une heure et vous venez d'entendre par la bouche de Betta que peu de temps après son retour avec l'infusion, Sirio est apparu en compagnie du médecin. Ce qui veut dire que Donna Priula est restée seule avec le mourant pendant trois bons quarts d'heure au moins.

— Pour donner du poison ? hasarda le sbire

— Mais non, il en avait déjà reçu, voyons. Pour prendre la clé et faire disparaître les documents.

Mosca écarquillait ses gros yeux de mouche. Il lui fallut un temps pour encaisser le virage et un temps pour se rétablir. En effet, rien ne s'opposait à cette hypothèse.

— Pour en faire quoi ? Nous avons fouillé partout, dès le lendemain et n'avons rien trouvé. Qu'a-t-elle fait de ces documents ? Elle ne les avait pas sur elle, un paquet comme ça… objecta Mosca qui écartait le pouce et l'index comme s'il tenait une brique

— Vous avez parfaitement raison, Mosca. À moins de posséder une cachette inviolable…

— Après la fouille organisée que nous avons faite…! s'écria le sbire en jetant les bras au ciel.

Aurelio s'empressa de faire tomber ce début d'indignation. Il voulait réfléchir sereinement.

— Soit, fit-il. D'ailleurs, en supposant qu'elle ait pris un soin particulier à les cacher, c'était nécessairement pour en faire quelque chose, n'est-ce pas ? Quoi ? À qui les donner ? Pour quoi faire ? Pour de l'argent ?

— Elle est riche, objecta Mosca.

— Elle n'a aucune vengeance à assouvir, ajouta Aurelio qui reprenait un argument servi un jour par le provéditeur Gritti. Pour une autre affaire.

— Elle ne sort pas, ne rencontre personne… réfléchissait Mosca.

— Qu'en savez-vous ? Betta était son vas-y dire.

— Beau vas-y-dire en vérité, Excellence, qui s'exprime comme une poule qui a pondu.

— Il suffit de deux jambes, Mosca, pour porter des messages. Elle ne sait pas lire. Voilà pourquoi il fallait à Donna Despina une paysanne rustaude qui pouvait, sans le savoir, porter des messages en même temps que des bourses scellées. Non ?

— Excellence, voici la liste des gens chez qui on l'envoyait. Voulez-vous la voir ?

Mosca tendait la dernière page de ses notes manuscrites et Aurelio la parcourut des yeux. Il y avait là les noms d'honnêtes commerçants des *mercerie*, des Gozzi, des Tessi, des Fonseca…

— Erbabuona, pointa soudain le Chancelier. Cette affaire de cassette à onguents voyageuse ne me plaît guère.

— Je l'ai vue, cette cassette à onguents, Excellence. Et je puis vous dire que c'est une cassette à onguents. Bien parfumée au citron. Comme toutes les cassettes à onguents, ponctua Mosca.

Aurelio reprenait son analyse. Il parcourait les noms de boutiques de luxe ayant pignon sur rue, des prestataires de services aux noms attendrissants : des Anzela pour la couture, des Fioretta pour la coiffure, une dentellière de San Ternità... un orfèvre de Rialto. On n'imagine personne de ces gens-là tremper dans un commerce illicite. Tel était le sens de la phrase que prononça le sbire au bout d'un temps raisonnable durant lequel il avait laissé le Chancelier à son examen.

— Notez, Mosca, que rien n'empêche un arrangement secret entre clients d'une même maison. Et le commerçant serait un complice malgré lui.

Mosca les bras au ciel, les joues gonflées d'un soupir étouffé ne parvint pas à perturber les réflexions d'Aurelio. Il dut ajouter la voix.

— De plus en plus compliqué... de plus en plus improbable !

— Je sais, Mosca. Mais nous sommes des rats.

Cette affirmation sembla laisser Mosca perplexe, mais il se contenta de lever un sourcil. Et comme le silence se prolongeait, il finit par murmurer :

— Je ne vous suis pas...

— Les rats sont presque aveugles. Ils se dirigent à l'odorat, progressent à tâtons le long des murs, inspectent tous les trous.

Visiblement, la remarque était moins flatteuse que celle de tout à l'heure, et Mosca se contenta d'un grognement discret tandis qu'Aurelio poursuivait son chemin le long du mur :

— Qu'a-t-elle dit, Betta, à propos de son retour dans la chambre avec la valériane ?

Le sbire compulsa ses notes un bref instant lut :

– Dᵃ P. tenait la main– il tremblait en buvant– B. attend– feu d'enfer.

– Le feu, murmura Aurelio. Elle peut avoir jeté les documents dans le feu. En trois quarts d'heure, elle a largement le temps de subtiliser la clé, d'aller dans le bureau, ouvrir le coffret, prendre les documents, refermer le coffret, revenir dans la chambre, jeter les documents dans l'âtre, replacer la clé au cou du malade et lui prendre tendrement la main.

– Sans qu'il s'en aperçoive ?

– Oh, il avait trop à faire avec ses tripes, le pauvre. Et puis… elle savait qu'il n'aurait plus l'occasion de se plaindre d'avoir été volé.

– Je savais bien, *per Dio*, qu'une femme si jeune avec ce vieux… hasarda Mosca au bout d'un silence.

Aurelio émit un ttt de désapprobation.

– Pas de jugement hâtif, Mosca. Nous visitons des trous.

– Soit, fit Mosca imitant les accents du Chancelier, mais dans votre trou, Excellence, je ne vois pas comment une feuille est allée toute seule rejoindre la poche de Ser Priuli. À moins que ce soit la même petite main parfumée qui l'ait placée dans le vêtement. Et dès lors, allez savoir pourquoi.

Aurelio releva le « votre trou » : cette fois, Mosca le suivait à distance. Il jouait au valet plus avisé que son maître et Aurelio, en vrai chevalier sans peur, enfourcha son destrier et s'enhardit sur sa piste improbable :

– Pour vous obliger à faire ce que vous avez fait jusqu'ici, Mosca : vous tromper, vous fourvoyer dans des sentiers sans issue. Vous laisser croire à une affaire d'État, alors qu'il n'est question que d'un lamentable assassinat !

Cette sortie laissa le valet tout pantois. Déstabilisé dans ses convictions, il essayait de recoudre autrement les parcelles de vérité. Et Aurelio, triomphant, venait le houspiller :

— Alors, qu'en dites-vous ?

Mais Mosca était bien trop prudent pour émettre le ricanement qui lui montait des tripes. Il commença par gagner du temps :

— Ce que j'en dis ?

— Oui.

— Ah, Excellence, vous êtes plus avisé que moi pour juger de la figure d'une femme de qualité… Aussi vous dirai-je que je l'ai vue pleurer à larmes réelles, touchantes… déchirantes, oserais-je dire.

— *Didicere flere feminae in mendacium*, Mosca, affirma Aurelio.

— Oui, oui, bien sûr…

— Ah, vous saviez cela, n'est-ce pas?

— Vous ne sauriez avoir tort…

— Ce n'est pas moi qui l'ai dit, c'est Publius Syrus : c'est pour mentir que les femmes ont appris à pleurer.

— Je ne vous savais pas ennemi des femmes.

— Je les vénère, au contraire. Mais celle qui s'est moquée de moi, *per Dio,* me payera son imposture !

Aurelio s'étonnait de sa propre violence. Son raisonnement avait abouti à une sorte de conviction et il faisait secrètement payer à Donna Priula le fait d'avoir été mené à douter de Laura. Il se réjouissait comme un rat d'avoir trouvé un grain à ronger. Et ce grain avait une saveur particulière qui l'enivrait un peu, il s'en rendait compte. Il vibrait encore à la fois de colère et d'euphorie lorsque, de l'autre côté de la table, lui vint la voix placide de Mosca :

— Tout cela paraît plausible, Excellence. Il ne nous manque qu'une chose : la preuve.

— Mosca, pour trouver une preuve, encore faut-il savoir ce que l'on cherche.

— C'est vrai, mais… Ser Priuli a été empoisonné au souper. Et au souper, Donna Despina n'y était pas.

L'objection ne fit pas tomber l'excitation d'Aurelio, lequel se remit en route à la recherche d'un autre trou, d'un autre grain.

— Elle y avait un ou une complice, proposa-t-il.

— Elle n'y connaît personne… Elle ne sort pas, ne rencontre personne… récita Mosca.

Aurelio s'appuya le front sur la main. Il évacuait lentement sa colère pour pouvoir retrouver un fil logique, penser froidement. Reprenons, se dit-il mentalement. Ser Priuli a été empoisonné lors d'un souper chez un ami. Selon les affirmations de Ser Butiron, le médecin légiste, le venenum venetum agit en huit heures maximum. Il en a ressenti les premiers effets au début de la nuit, est mort au lever du jour.

— Mosca, murmura lentement le Chancelier au bout d'un long silence. Je voudrais reprendre aussi un point de cette enquête. Pouvez-vous me faire venir Ser Tossego, je vous prie ?

12 : LE MAÎTRE DES SUBSTANCES

Ser Tossego était un grand efflanqué dont le vêtement couleur de nuit sombre flottait sur un corps que l'on devinait à peine sous les pans de tissu. Le manteau qui le revêtait pouvait aussi bien être suspendu à une armature de bois comme on en trouve dans les champs pour éloigner des semis les petits oiseaux. Il sortait de cet appareil un cou maigre au bout duquel pivotait une tête chauve recouverte d'un bonnet sans âge. La peau parcheminée de son visage trahissait les reliefs de l'ossature, comme si les substances dont il était le maître agissaient déjà sur sa matière vivante. Un nez en bec de hibou saillait au milieu d'un visage aux yeux pâles. Il naissait de ses joues creuses une végétation d'herbes sèches qui s'étalait en longs filaments gris et blanchâtres. Il pouvait avoir une cinquantaine d'années mais les années passées dans son antre à respirer des vapeurs méphitiques lui avaient peut-être corrompu le sang et brûlé les entrailles. Il avait la réputation de ne jamais sortir du cabinet des substances. Et quand les secrétaires le voyaient, de son pas véloce de chauve-souris, traverser la cour du palais pour se rendre à la salle du Conseil des Dix, ils savaient que quelqu'un allait mourir et ils faisaient discrètement les cornes avec les doigts de la main droite au niveau des testicules.

En le voyant passer parmi leurs écritoires, les scribes de la Chancellerie firent silence, la plume en suspens. Sans s'arrêter, rapide et furtif, Ser Tossego disparut dans le trou béant du bureau étroit du Grand Chancelier. Sans bruit, la porte se referma sur cette apparition, laissant dans la salle une traînée de stupeur.

Nicolò Aurelio relisait les notes manuscrites de Mosca en attendant l'arrivée de l'expert en poisons assermenté par la République. Il le laissa attendre un instant avant de lui dire un mot aimable et de l'inviter à s'asseoir. Puis, il étendit les mains sur les feuillets qu'il venait de parcourir et prit son inspiration :

— Messer Tossego, vous avez été consulté par Ser Butiron au sujet de la mort de Ser Priuli, n'est-ce pas ?

— C'est la règle, fit la voix râpeuse de l'expert. J'ai donné mes conclusions en temps voulu.

— En effet. Venenum venetum. J'avais noté ce point. Et malgré la confiance que mérite Ser Butiron, j'ai souhaité entendre de votre bouche certaines précisions qui pourraient éclairer le Conseil des Dix sur les circonstances de cette mort. La question que je voudrais vous poser est la suivante : à quand remonte l'administration du poison ? Est-il possible de déterminer avec certitude l'heure de la prise ? Et si oui, quelle est cette heure ?

— J'y vois trois questions, releva l'expert avec hauteur en glissant dans sa ceinture deux mains longues et osseuses.

— Certes, c'est une question qui peut se diviser en trois, reconnut Aurelio. Commençons par la deuxième, s'il vous plaît.

— J'en vois une quatrième, *Signor Cancelliere* : Et si non...

— Soit, ne jouons pas sur les mots, voulez-vous ? s'impatienta Aurelio. Vous avez parfaitement compris que la seule question est de savoir si le poison n'a pas pu être administré ailleurs et à un autre moment qu'au souper auquel participa Ser Priuli. Je vous précise qu'il s'est absenté à vingt-trois heures trente heure vénitienne, soit au coucher du soleil ; qu'il s'est senti mal aux premières heures de la nuit, soit environ quatre heures plus tard et qu'il est mort huit heures après avoir quitté son palais. Je vous écoute, *Maestro*.

Sur quoi Aurelio s'adossa à son siège et croisa les bras. Il avait en horreur la morgue et la chicane. Aussi trouver les deux rassemblées en un seul individu était pour lui une provocation insupportable à laquelle il convenait d'opposer toute son autorité. L'usage du titre de *Maestro* était une invitation à devenir raisonnable. Tossego l'accepta de mauvaise grâce. Il sortit ses deux mains de leur retranchement et celles-ci se lovèrent sur elles-mêmes, pouce et index rejoints comme de petits orvets se mordant la queue et se projetant en avant pour intimider l'adversaire.

– Le venenum venetum peut associer l'arum italicum à la bryone et au broyage de pépin de pomme, d'amande ou d'abricot. L'on peut obtenir des effets satisfaisants avec la digitale et surtout la graine de ricin, l'un ou l'autre de ces éléments pouvant être substitué par l'hellébore ou l'herbe du diable, sans oublier la racine de ciguë par laquelle fut traité Socrate. Vous pensez peut-être aux champignons de la famille amanita ou lepiota, qui sont d'un effet intéressant, mais, s'attaquant au foie et aux reins, ces derniers sont moins foudroyants et nous les excluons des ingrédients qui sont d'un résultat rapide. Quant au venin de vipère, bave de crapaud ou sang de grenouille, ils sont de moins en moins utilisés à notre époque savante et dans nos pays civilisés.

Aurelio salua de manière appuyée les connaissances du plus civilisé des empoisonneurs et se contenta de conclure :

– Donc, tout ceci peut être produit à Venise.

– Encore faut-il être savant, Signor Cancelliere, lancèrent les mains avant de reprendre leur place.

– Cela s'entend. Et en combien de temps les substances que vous citez, dosées de manière savante, sont-elles capables de produire les effets que vous a décrits Ser Butiron ?

Cette fois, les mains restèrent calées entre la ceinture et les os des hanches, montrant par là qu'elles ne sortaient pas pour si peu, tandis qu'elles laissaient la voix sans timbre débiter tout uniment :

— Les observations rapportées par Ser Butiron correspondent en effet aux conséquences de l'absorption de ces substances. Des tempêtes du tempérament : turgescences de la peau, sudations profuses, tuméfactions de la langue, intumescences de la gorge, crachats de sang, impétuosité de la respiration, frénésie des battements de cœur, tremblements spasmodiques, brûlures du gaster, vomissements convulsifs, hépatite fulminante, diarrhées sanglantes, sécrétions fétides, et convulsions.

Aurelio fit discrètement les cornes au niveau des testicules. Il gardait cependant l'esprit suffisamment clair pour rappeler l'essentiel de sa question :

— Maestro Tossego, QUAND un savant dosage de ces substances doit-il être administré pour produire ces effets-là ?

— Un bon venenum venetum a ses premiers effets trois heures après l'administration, Signor Cancelliere. L'agonie survient après sept heures, la mort après huit heures tout au plus, répond l'homme de l'art avec aplomb.

— « Un bon venenum venetum », répète Aurelio. Et un moins bon… ?

— N'aurait pas eu l'effet espéré, répond Tossego sans hésiter. Le sujet aurait été seulement malade. Les poisons vénitiens sont rapides et ce sont les meilleurs et les plus dignes de confiance.

Les mains, ayant délié leurs cercles maléfiques, s'étaient étendues dans toutes leurs dimensions étonnantes. Aurelio ne se montra pas impressionné par cet étalage d'osselets et laissa voir un brin d'exaspération :

— En conclusion, QUAND un tel poison a-t-il été administré, maestro ?

Cette fois, les mains bondirent, voletant dans l'espace comme des araignées géantes.

— Dans la soirée, Signor Cancelliere, dans la soirée ! Déjà, le poison a mis huit heures à conclure.

— Il aurait pu agir plus longtemps, objecta Aurelio. Ne m'avez-vous pas parlé de champignons ?

— Nous aurions eu d'autres symptômes, répliqua le savant sans hésiter. À Venise, nous n'avons que le venenum venetum capable d'agir comme nous l'avons constaté, avec diarrhée sanglante et soudaineté de l'intempérance pulmonaire. On n'a jamais rien vu d'autre à Venise. Non, non, à Venise, nous n'avons que ça !

Il ouvrait les bras, pour marquer l'évidence ou bien pour marquer le dépit. En tout cas, son assurance restait superbe et il enchaîna au bout d'une seule respiration :

— Ah, si nous étions à Rome où les Borgia ont bénéficié des ressources de l'Espagne et du nouveau monde, je ne dirais pas…

— Que ne diriez-vous pas ? bondit Aurelio.

— Qu'ils connaissent le strychnos nux vomica, qui, au lieu d'exciter l'organisme, est capable de le paralyser progressivement, enlever leur vigueur aux muscles, glacer le sang, arrêter la respiration, remonter au cœur et lui ôter le principe qui le fait battre. Les galions espagnols, les navires portugais font venir des substances que nous n'avons pas ici. Je pense au naja des Indes, le venenum viperae, qui épaissit le sang…

– Il peut s'en trouver qui l'importeraient à Venise, interrompit Aurelio.

Mais le savant agitait de plus belle les articulations de ses pattes antérieures:

– Signor Cancelliere, nous sommes en guerre. Vous savez que la lagune est fermée, que tout ce qui entre ici est contrôlé, pesé, classé ! Ce n'est pas comme à Rome ou Florence !

– Florence ?

Tossego ne vit pas le sursaut du Chancelier. Il poursuivait sur sa lancée :

– Oui, évidemment ! À Florence, les Médicis dont le blason compte six pilules, sont d'anciens *medici*, je vous le rappelle. Ceux-là, dans le grouillement abject de leurs révoltes permanentes, leur immonde fourmillement familial, leurs tractations infâmes avec les puissances étrangères, ceux-là ont une passion pour la vilenie et l'invention de composés nuisibles.

Aurelio fut effleuré de la pensée que, selon les opinions politiques du savant, une substance merveilleuse pouvait se transformer en composé nuisible. Mais là n'était pas son propos et il reprit le fil de sa logique.

– L'on peut admettre qu'il serait facile d'introduire à Venise, sous une forme innocente, un peu de poudre, ne croyez-vous pas ?

– Certes. Encore faut-il connaître l'existence de ces substances, donc être, comme moi, dans le secret des officines. Et croyez-moi, les officines sont toutes jalouses de leurs secrets. Signor Cancelliere, il existe une guerre secrète des officines au moins aussi active que la chasse à l'espagnol. Ensuite, il faudrait avoir la science des dosages et des manipulations. Et pour cela, il faut posséder des connaissances étendues et du matériel d'apothicairerie.

Les pensées d'Aurelio se lançaient avec fièvre dans le brassage de ces informations. Il ne mit pas longtemps à les classer dans l'ordre qui lui convenait :

– Résumons-nous, Maestro. Pour introduire de telles substances dans Venise, il faut : un, avoir accès au secret des officines ; deux, avoir les connaissances spéciales et indispensables ; et trois, posséder le matériel adéquat.

– Assurément, dit le maestro qui, cette fois, n'avait pas de quatrième proposition à ajouter.

Le maître des substances se tenait droit, raide comme le dossier de sa chaise, ses mains enfin apaisées ouvertes sur ses genoux, les sourcils levés, les paupières à mi-course sur ses yeux pâles, affichant un dédain souverain, toisant son vis-à-vis avec une arrogance glacée. Aurelio en conçut une irritation extrême qui le poussa à souhaiter ardemment lui faire donner la corde.

Mais dans l'immédiat, se dit-il, il était plus urgent d'en menacer l'apothicaire Erbabuona.

13 : L'APOTHICAIRE

Nicolò Aurelio avait soigneusement préparé l'interrogatoire de l'apothicaire. Non seulement il avait envoyé dans sa boutique un faux étranger en quête de spécialités vénitiennes pour son épouse, mais il avait pris soin de donner à Mosca quelques instructions de mise en scène. De sorte que Ser Erbabuona avait été conduit dans la salle de l'inquisition par un garde du palais qui conclut aussitôt qu'il tenait compagnie à un criminel. En effet, l'homme à conduire et surveiller était vêtu de l'ample robe de bure brune, portait la longue barbe et le bonnet ovoïde des Juifs de Venise. De plus, la porte basse qui s'ouvrait sur la corde était restée délibérément ouverte. Et l'homme avait frémi lorsqu'il avait aperçu la poulie suspendue au plafond et la corde dont l'extrémité reposait mollement sur une sellette toute semblable à celle qui meublait le centre de la salle où ils se trouvaient.

Tout le temps qu'ils avaient attendu l'arrivée de quelqu'un qui devait éclaircir le mystère de leur présence ici, les deux hommes s'étaient ignorés. Le garde, une fesse sur la table, adossé au mur, toisait l'autre d'un air hostile et méprisant. Le prisonnier avait refusé de s'asseoir. Les mains dans le dos, il marchait de long en large entre les murs étroits de la pièce et s'efforçait de garder une contenance digne. Toutes les trois largeurs, il redressait son dos voûté, étirait son corps maigre. Sous des sourcils en broussaille, deux petits yeux vifs glissaient le long des murailles grises, pétillaient d'un air inquiet lorsqu'ils se hasardaient à travers l'ouverture de la porte basse.

Quand la porte principale s'ouvrit soudainement sur l'image rouge du Grand Chancelier suivie de celle, noire, du sbire Mosca, Aurelio comprit que sa préparation venait de lui épargner des heures de préambules fastidieux. Le garde, avachi dans son coin, bondit comme un ressort.

– Debout ! aboya-t-il à l'adresse du prisonnier, en frappant le sol de sa pique.

Erbabuona, qui était déjà debout, plia profondément l'échine et attendit. Il vit l'homme en noir faire un signe au garde et celui-ci disparaître dangereusement par la porte donnant sur la corde. Puis l'homme en rouge et l'homme en noir prirent place derrière la table, échangèrent quelques paroles à voix basse.

Quand il entendit l'ordre de s'asseoir, Ser Erbabuona plia un peu plus bas l'échine, fléchit ses genoux qui paraissaient devenus douloureux, imposa un mouvement lent et pénible à ses articulations et sembla, par ce seul effort de se laisser tomber sur ce siège, avoir vieilli de vingt ans. Il s'y tenait ramassé selon un équilibre précaire, baissait les yeux et se frottait fébrilement les mains sur les cuisses.

– Messer Erbabuona, commença l'homme en rouge, vous n'ignorez pas où vous êtes.

Le bonhomme se mit à hocher la tête comme un pénitent en pleine contrition.

– Je vous rappelle que le Doge et le Conseil des Dix de notre République Sérénissime, dont, en tant que Grand Chancelier, je suis l'informateur et l'interprète, n'accepte d'accueillir et de protéger votre communauté que moyennant une fidélité absolue à ses lois et à ses requêtes.

Oui, oui, oui, faisait la tête chenue du soudain vieillard.

– Or, voici sa requête, Messer Erbabuona : il s'agit de répondre en toute sincérité et vérité aux questions qui vous seront posées ici même. En cas d'absence de réponse satisfaisante, et puisque vous êtes autorisé à ne point jurer sur le Christ… vous connaissez nos méthodes.

Ouiouioui, faisait la tête qui s'emballait dans une acceptation totale ou une panique grandissante.

Il était inutile que le Grand Chancelier désignât de son index la porte béante. Ces méthodes, il les avait connues, lui, Samuel Erbabuona, du temps où il s'appelait Hierbabuena à Grenade, et depuis qu'Isabelle la Catholique avait commandé aux Espagnols de le surveiller pour l'empêcher de laisser son fourneau allumé du vendredi au samedi soir, pour lui défendre de tondre sa femme et l'obliger à manger du cochon. Il avait dit ouiouioui devant un homme en rouge assisté d'un autre en noir, et, dans le même temps, il disait oyoyoy dans son cœur, puis il était allé faire un tas de son argent, de ses fils et de sa femme et avait gagné Cadix où faisait escale une galère vénitienne. Et si, à Venise comme partout, il devait subir des regards hostiles comme celui de ce garde parti Dieu sait où, préparer Dieu sait quoi, au moins à Venise, on l'avait jusqu'ici laissé vivre, gagner sa vie et pratiquer sa religion. Le reste, ce n'était que la punition de Jahvé à cause des péchés d'Israël, ceux-là même qui l'obligeaient à laisser un étranger lui poser une question sans qu'une intervention divine vienne foudroyer ce goy, comme il est écrit dans le Livre.

— Messer Erbabuona, quelles sont vos relations avec Donna Priula ?

Erbabuona fit celui qui avait mal entendu. Il souleva une tête au faciès douloureux, observa le Chancelier à travers la broussaille de ses cils.

— Donna… prononça-t-il hésitant tout en réfléchissant à la réponse à faire.

— Priula. Vous avez parfaitement saisi, Messer l'apothicaire.

Erbabuona avait surtout saisi la nuance de l'apostrophe. Passer de « Messer Erbabuona » à « Messer l'apothicaire » était une première étape vers le durcissement de la situation.

— Excellence, répondit-il en ployant le buste, mes relations avec la vénérable Donna Priula étaient celles que j'ai l'honneur d'avoir avec toutes les grandes dames de Venise : je leur fournis les onguents de beauté qui donnent aux femmes de cette cité merveilleuse leur chevelure incomparable.

– Rien d'autre ? jeta le Chancelier avec désinvolture.

– Rien d'autre, votre Excellence.

– Rien d'autre : notez cette première déclaration, Mosca, lança Aurelio sur un ton officiel.

Ser Erbabuona sut aussitôt qu'il venait de tomber dans un piège. Car il vit le Chancelier échanger un regard rapide avec son sbire et le sbire lui renvoyer un léger soulèvement d'épaule. Il était devenu assez vénitien, Erbabuona, pour savoir qu'aucun apothicaire vénitien n'était blanc aux yeux de l'Église et de l'État, un apothicaire juif moins qu'aucun autre. Oy v'aï ! pensait-il. Tout le monde sait bien que les médecins et les apothicaires juifs sont les meilleurs du monde, mais quel métier à risques, oy, oy ! Mais par bonheur, le Grand Chancelier se radoucissait, semblait content de comprendre un point jusque là obscur :

– Ainsi, ces belles jarres que l'on aperçoit sur vos étagères, à gauche de l'entrée, et qui sont marquées « parure des dames », ce sont donc vos réserves à onguents de cheveux.

– Assurément.

– Je comprends que vous les mettiez en avant. Elles attirent le regard par leur forme, leur décoration et leur inscription en lettres d'or : « parure de dames »… Un joli nom, en vérité. Vous devez en vendre beaucoup, de cet onguent-là.

Par prudence, Erbabuona se garda de répondre à cette flatterie facile.

– Une cliente peut, à toute heure de la journée, venir s'en procurer, poursuivait Aurelio, comme s'il commentait l'officine la mieux tenue de la ville. Et, le temps de peser devant elle la quantité dont elle a besoin, elle emporte avec elle le secret de sa beauté.

– Assurément… généralement, nuança l'apothicaire, qui commençait à se méfier de tant d'onctuosité.

Mais là aussi, il eut l'impression de commettre un impair, car le Chancelier releva :

– Pourquoi « généralement » ?

– Parce que… Parce que le même onguent n'agit pas toujours de la même façon sur tous les cheveux. Certaines constitutions sont réfractaires ; parfois, des servantes malhabiles n'ont pas l'art de les appliquer… certains mois brumeux sont pauvres en soleil…

– J'entends bien. Mais de cela vous avertissez votre clientèle et vous ne refusez jamais d'ouvrir vos jarres à la demande et sans attendre.

– Ce serait une erreur…

– Mais… Il me vient une question : faisiez-vous crédit à Donna Priula ?

– Ah, Excellence, je fais crédit à bien des dames à Venise. Mais Donna Priula m'a toujours payé rubis sur l'ongle.

– Donc, vous avez de la « parure de dames » à foison et Donna Priula vous paie rubis sur l'ongle. Cependant, la servante de Donna Priula vous apporte une cassette qu'elle vient reprendre le lendemain, comme si vous aviez besoin de vingt-quatre heures pour la remplir. Vous allez m'expliquer cette étrangeté, Messer l'apothicaire.

Erbabuona, qui avait senti venir la question, avait préparé la réponse :

— Oh, cela n'a rien d'étrange, Seigneur Chancelier. Ce qui est étrange, c'est l'obstination qu'a la Signora Priula de percevoir à travers les parfums habituels dont j'orne mes préparations, l'urine de cheval qui en est le composant principal. Je prépare pour elle un onguent spécial au musc indien, très coûteux ; elle n'en tolère aucun autre.

— Étrange, Messer l'apothicaire. Mais je ne crois pas Donna Priula plus exigeante qu'aucune dame de cette ville, puisque Donna Priula laisse son coffret à onguents orner son meuble de toilette et que les nez exercés de nos sbires n'y ont pas décelé le parfum pénétrant et bien caractéristique du musc indien, mais celui du citron.

C'est alors que Samuel Erbabuona se troubla. Les sbires étaient donc allés fouiller chez Donna Priula dont le mari était mort subitement une quinzaine de jours plus tôt. Qu'un mari meure subitement, cela s'était déjà vu : les hommes corpulents d'âge très mûr crevaient parfois de surplus de sang à l'issue d'un repas trop gras et trop arrosé de vins corsés. Mais les sbires ne fouillaient pas pour autant leur maison. Ceux-ci avaient-ils donc flairé le poison autour de Ser Priuli ? Que savent-ils de son trafic avec Donna Priula ? Samuel Erbabuona en tremblait d'autant plus qu'il ignorait tout d'une affaire où il semblait impliqué au point d'être interrogé par l'éminence grise du Conseil des Dix. Et il se sentait comme le pauvre diable obligé de sauver sa peau dans une pièce obscure où se cachent des lions à l'odorat mortel. Mortel comme le Grand Inquisiteur de Grenade qui savait, sans le montrer, que le Juif Hierbabuena avait refusé de vendre une potion pour un malade, un vendredi soir après l'apparition de la troisième étoile dans le firmament.

La voix d'Aurelio ressembla soudain à celle de Tomàs de Torquemada :

— Samuel Erbabuona, je vous adjure de me dire ce que vous fournissiez à Donna Priula.

Que savait-il, ce diable de Chancelier ? Était-il au courant, comme les suppôts de Torquemada ? Faisait-il semblant de ne pas savoir pour l'accuser ensuite de mensonge, trahison, complot, le qualifier de parjure, assassin, déicide, après l'avoir brisé au bout de la corde ? Samuel Erbabuona savait qu'il n'aurait pas la force de supporter la douleur, pas plus que celle de refaire ses malles et d'ailleurs, il l'aimait, cette ville qui l'avait laissé dix ans en famille prier en paix. Cela méritait un aveu, et d'ailleurs il avait déjà avoué, puisqu'il s'était troublé et baissait le front :

— Votre sublimité... il est vrai que je lui procurais des *erbe di donne*.

Pour le coup, Aurelio dut cacher sa stupéfaction, un regain d'intérêt, un sursaut de plaisir. Il se croisa les bras sur la poitrine, laissant Erbabuona, mou comme une herbe flétrie, macérer dans son jus d'opprobre. Puis il se pencha vers Mosca pour lui glisser à l'oreille :

– La femme qui faisait des pèlerinages pour concevoir un héritier se servait *d'erbe di donne*. Mosca, nous sommes sur la bonne piste.

Mais Mosca semblait ne pas comprendre. Sans brusquerie, Aurelio revint à la charge :

– Et que sont les *erbe di donne*, Maestro ?

– Des herbes de dame, Excellence, répondit l'apothicaire d'un air sincèrement navré. Si vous saviez combien de femmes, dans cette ville, utilisent des substances spermicides afin de pouvoir satisfaire les besoins de nature d'un époux, amant de cœur, amant d'un soir, sans avoir à mettre au monde un enfant de misère ! N'en blâmez pas les apothicaires, Signori. Sans eux, on utiliserait encore des recettes antiques : excrément de crocodile, onguent de plomb, huiles de safran, épines d'acacia ou racine de mandragore, pauvres femmes ! Oh, il n'est pas un seul apothicaire qui n'ait tenté sa recette à base de cuivre, de carotte sauvage ou de calendula… Pauvres créatures qui offrent du plaisir pour en recevoir des irritations, brûlures, cloques et maux du dernier tourment ! Aussi ai-je mis au point une formule merveilleuse à base de plantes venues de pays lointains : margousier de l'Inde, igname du Mexique, noix de galle. J'en fais une huile dont il faut imbiber un tampon et l'introduire délicatement dans le vagin, presque un délice. Elle caresse aussi le membre de l'homme et accroît le plaisir. Malheureusement, elle est chère et…

– Messer Erbabuona, coupe le Chancelier d'un ton sévère, je vous prie de prendre conscience de ceci : il n'est pas un pays de la chrétienté où l'homme convaincu de pratiques abortives ou autres procédés destinés à contrer les voies de la nature ne soit conduit directement au bûcher, savez-vous cela ?

Le bonhomme, effondré, se prenait la tête. Oui, quel aveu était-il en train de faire ! Mais enfin, à Venise, où les mœurs étaient plus libres qu'ailleurs, la question de sacrifier à Vénus tout en évitant l'enfantement se posait naturellement. Il ne se pouvait pas qu'un homme comme le Grand Chancelier ignorât ce fait et s'indignât que des solutions circulaient sous le manteau. Mais n'était-il pas en plein interrogatoire, et ne le menaçait-on pas des pires tourments s'il ne disait pas ce qu'il savait ? Ser Erbabuona se mit au bord des larmes pour se lamenter :

— Ah, Signor Chancelier, vous m'avez demandé la vérité, je vous la dis. J'aurais pu vous dire que je lui préparais des lotions d'aloès pour son teint, de valériane pour ses nerfs, mais vous m'auriez convaincu de ne point dire tout le vrai. Et la vérité vraie, Excellence, c'est que si nous ne fabriquions de ces remèdes qui ne sont point nocifs, les pauvres créatures s'en prépareraient elles-mêmes de pires dont elles auraient à souffrir bien des misères. Elles auraient des éruptions et finiraient au lazaretto où elles prendraient la peste ; elles iraient se faire avorter chez les sorcières et mourraient dans un flux de sang. Mes onguents ne sont point abortifs. Ils sont seulement spermicides. Ils n'offensent pas plus Dieu que ne le fit Onan, fils du patriarche Juda, en répandant sa semence sur le sol, ce qu'il fit non pour contrarier les voies du Seigneur, mais au contraire pour ne point flétrir la beauté de Tamar, une beauté qui était un don céleste et qu'un enfantement risquait de ruiner.

Sur le même ton misérable, Ser Erbabuona répéta une ou deux fois encore, dans un ordre différent, les mêmes arguments. Aurelio jugea que le bonhomme savait se défendre, mais qu'il abusait des effets pathétiques. Il y mit fin assez rudement :

— En somme, Erbabuona, vous me demandez de fermer les yeux.

La phrase avait coupé court au flot de paroles. Erbabuona, qui craignait d'être arrivé à un point de rupture, la comprit comme une invitation à revenir aux fondamentaux. Il n'était plus temps de résister, plus temps de gémir. Les fondamentaux se résumaient à peu de choses dont questionneur et questionné étaient parfaitement conscients. À savoir que perdre une cliente, même riche, était moins dommageable pour un apothicaire juif que de perdre la protection du Conseil des Dix ; que la communauté juive de Venise ne pardonnerait pas à l'un de ses membres de rompre le pacte précieux qu'elle avait obtenu de la République. Enfin, dans cette affaire qui préoccupait les autorités vénitiennes, ne valait-il pas mieux avouer ses trafics, leur donner l'impression que ceux-ci étaient sous contrôle, et leur offrir la possibilité de faire avancer leur enquête, ce qui les inciterait à fermer les yeux ? En conséquence, Erbabuona releva la tête, un éclair vif brillant sous la broussaille des sourcils.

— Excellence, ce n'est pas un Juif venu de Grenade avec toute la science de la médecine et de l'apothicairerie apprise là-bas, qui vous demandera si le Conseil des Dix souhaite nous garder dans cette cité magnanime. S'il voulait nous chasser, il l'aurait déjà fait. Or, il nous garde et je suis à sa disposition, comme à la vôtre.

Le Chancelier apprécia la réplique démontrant que Ser Erbabuona avait une vue très saine et très réaliste de la situation. Hélas, comme toujours, il avait fallu batailler pour arriver à cette sage solution. C'était sans doute un rite, comme la *cacherouth*. Aurelio salua cette victoire et fit aussitôt un pas de plus.

– Bien. Et puisque vous vous mettez à ma disposition, vous allez me dire comment voyageaient des ampoules d'huile entre votre officine et le palazzo Priuli, vu que le coffret ne contenait que des onguents.

– Ce n'étaient pas des ampoules, Excellence, mais des tampons.

Erbabuona ne geignait plus. L'homme de l'art avait pris le dessus.

– Oui, des tampons imbibés, macérés pendant vingt quatre heures dans les huiles contenant les substances actives. Ils étaient emballés dans un sachet plat de papier huilé qui prenait place dans le couvercle du coffret.

– Un couvercle à secrets, dit Mosca, qui se souvenait d'avoir vu un coffret florentin très ouvragé, à l'aspect tout à fait innocent.

– Oui, un de ces coffrets florentins qui, en poussant sur une fleur de nacre et une feuille d'or, libèrent un espace suffisant pour poser un objet peu épais.

— Comme des tampons, dit Mosca.

— Comme des tampons ou des lettres, dit Erbabuona.

— Des lettres ! répéta Aurelio.

— Des lettres ou des ducats d'or, précisa l'apothicaire.

14 : LE CHEF D'ŒUVRE

– Voyez donc comment on entretient une correspondance sans aucun doute coupable, tout en gardant les dehors de la stricte, je dirais même, de l'austère honnêteté, Mosca.

– C'est à vous dégoûter des honnêtes gens, commenta Mosca en ajustant ses fesses sur la chaise du visiteur dans le bureau du Chancelier.

Ser Erbabuona avait été renvoyé chez lui avec quelques remerciements de pure forme, car chacun comprenait que les informations précieuses qu'il avait apportées lui avaient été douloureusement arrachées selon une convention qui savait faire fi de la stricte honnêteté mais comportait une large part de solide pragmatisme, comme sait le pratiquer toute nation de commerce et de bon sens.

– Un chercheur de vérité se doit d'être suspicieux, Mosca, pontifia Aurelio. Vous êtes un chercheur de vérité.

Aurelio s'aperçut qu'il venait d'énoncer la majeure et la mineure d'un syllogisme dont Costantino aurait aussitôt trouvé la solution : donc, vous vous devez d'être suspicieux. L'espace d'un éclair, ses pensées, en effleurant Costantino, rebondirent sur sa soirée chez Fantina et sur les mots de Fantina qui l'avaient conduit à cesser d'être suspicieux, ce qui l'avait propulsé sur le chemin de la vérité. Mais toute pensée secrète n'étant pas bonne à dire, il déclara, magnifique d'autorité :

— Rappelons-nous donc à chaque instant l'étendue de la duplicité humaine, et tout l'art que mettent les esprits tortueux et malveillants à égarer les esprits droits et loyaux.

Amen, fit la petite voix de Laura au fond de son cerveau.

— Nous avons à faire ici à des artistes, assurément, constata Mosca.

— Des orfèvres, approuva le Chancelier. Reprenons, Mosca. Le coffret, par son casier secret, servait à deux sortes de commerces illicites : l'échange de correspondance et l'achat d'*erbe di donne*. Les deux choses, pour être le fait de Donna Priula, étaient elles aussi toutes deux le fait du mystérieux correspondant ? Pas nécessairement, me direz-vous…

— Ah, Excellence, nous revoilà avec deux affaires pas nécessairement liées, comme celles de la mort et des papiers…

— N'y revenons pas, je vous prie. Tâchons plutôt de démonter le mécanisme. Qu'avons-nous appris ? Erbabuona possède à Florence, –Florence !– un correspondant marchand d'herbes, appelons-le apothicaire, cet Uguentano avec qui il échange produits espagnols contre produits du Levant. Dans ces paquets de substances d'apothicairerie, circulent de proche en proche, ou plutôt régulièrement, des lettres d'un mystérieux Florentin à Donna Despina et de Donna Despina au mystérieux Florentin. Or, comme Donna Despina ne sort point, ne voit personne mais n'est l'épouse de feu Ser Priuli que depuis un an, nous avons toutes raisons de croire que cette correspondance par truchements a été mise sur pied il y a un an, avant le départ de Donna Despina pour Venise. Sommes-nous d'accord ?

– Sans doute, approuva Mosca en se reportant à ses notes. Ser Erbabuona a déclaré avoir reçu il y a un peu plus d'un an une lettre de son correspondant, annonçant que la guerre à Florence, jointe à la mainmise des Médicis, rend difficile de se procurer les produits de Grenade, mais qu'il connaît quelqu'un qui lui en fournira, contre une aide d'une autre sorte et nous savons laquelle, puisqu'il s'agissait de passer des lettres. En somme, c'était un échange de bons services.

– Comme vous parlez joliment de ces choses, Mosca. Vous mériteriez l'eucharistie sans absolution. N'oubliez pas qu'il a aussitôt brûlé cette lettre de recommandation venue de son correspondant. Et que Donna Priula étant riche, elle devait payer grassement ce service amical. Et qu'elle le fait encore, malgré que plus aucune lettre ne s'échange depuis la mort de Ser Priuli.

– Et malgré qu'elle n'ait plus besoin *d'erbe di donne*, *la poveretta*, donc ne lui en achète plus. ajouta Mosca. Elle paye beaucoup trop cher ses parures de dame.

– Elle ne paye pas assez cher le silence de l'apothicaire Erbabuona. Personne n'est assez riche pour se payer ce silence-là, Mosca. Il faudrait pouvoir se payer la Sérénissime.

Mosca marqua son étonnement. L'idée de se payer la Sérénissime ne lui était jamais venue à l'esprit, mais il comprenait qu'en effet, les accords entre les réfugiés juifs d'Andalousie et la Sérénissime était le seul point faible du mécanisme astucieux des deux complices. Et il conclut, pensant à haute voix :

– Évidemment, ils auraient dû se dire que si la Sérénissime mettait la main sur Erbabuona dans cette affaire, celui-ci dirait tout et…

– Croyez-moi, ils se le sont dit, Mosca. Mais poursuivez votre pensée, je vous prie.

L'œil d'Aurelio pétillait. C'était un œil de rat qui avait découvert un sac de grain.

– Et… ? insistait Aurelio. Allons, Mosca, vous le savez !

Les yeux de Mosca s'affolèrent un instant puis se fixèrent et s'agrandirent encore. Ils allaient jaillir de leurs orbites sous l'effet de la claque que le sbire se donna sur le front.

– C'est pour ça qu'on nous a fait croire à cette histoire de plans volés ! s'écria-t-il. Pour détourner notre attention !

– Bravo, Mosca. Vous avez de l'avenir. Un travail d'orfèvre, vous ai-je dit, sourit Aurelio placide.

Les deux hommes se regardèrent un instant en silence. Aurelio pensait à la stupeur qui le mettait dans une sorte d'extase muette lorsque lui était dévoilé un chef d'œuvre de l'art. Mosca traversait un état semblable et il le laissa à sa contemplation.

– Elle attend ça depuis un an : d'être veuve, prononça le sbire comme dans un rêve.

Mosca en était à la seconde phase de son extase : il donnait un titre à l'œuvre ; il en énonçait le sujet. Il l'amplifiait :

– Sans enfants, pour n'avoir pas de comptes à rendre à la famille Priuli.

Il en commentait la prouesse technique :

– Tout en forniquant avec ardeur et en multipliant les prières …

Il savait, Mosca, que tout chef d'œuvre nécessite une somme de souffrances :

– … les pèlerinages, les neuvaines, restait cloîtrée à la maison et menait une vie de recluse.

– Elle recevait des bijoux, nuança Aurelio, comme on dit d'un artiste qu'il a d'excellents aides. Elle sortait dans le monde au bras de son époux.

– *Santa Madonna.*

Comme à l'église, Aurelio sonna la fin de la contemplation.

– Mais reprenez vos esprits et surtout vos notes, Mosca. La conversation ouverte que nous avons eue avec ce cher Erbabuona nous a encore fourni quelques renseignements de taille. Je pense à cette dernière lettre…

– Celle de la Signora, oui, cette lettre, bafouillait le sbire en fourrageant à nouveau dans ses notes. La seule lettre que l'apothicaire ait pu ouvrir parce qu'elle était mal cachetée…

– Montrant par là une certaine précipitation due à une lassitude de l'esprit, une peur, une fébrilité de coupable au seuil de l'acte, releva Aurelio.

– Eh, il a dû essayer d'en ouvrir plus d'une, l'apothicaire ! Ouvrir les lettres ! Remarquez, quelle tentation ! Il a quand même dépensé pas mal de temps à faire sauter le cachet.

Mais secouant la tête, il ajouta :

– Ces gens-là ont un flair spécial pour savoir où trouver leur pâture.

– Dites plutôt qu'ils ont un bon matériel et des méthodes : une lame fine, un crin de cheval… Alors, ce texte ?

– Ah ! Le voici : *J'ai bien compris toutes tes instructions et les ferai toutes, y compris de respecter le silence entre nous, ce qui sera le plus difficile, mon Carlo chéri ! Rassure-toi, je brûle toutes tes lettres. D'ailleurs, je connais tous tes mots par cœur. J'attends ton envoi avec la clé de notre bonheur. Ta D.*

– Et la clé de leur bonheur était contenue dans le dernier envoi parti de Florence : une lettre un peu plus épaisse à cinq cachets de cire. Bien fermement attachés, ceux-là : foin du couteau ou du crin de cheval mais on a des doigts d'apothicaire. Ils disent avoir palpé quelque chose de souple et ductile comme une poche de poudre. Ce jour-là, Mosca, je parie que les parures de dames ont valu plusieurs ducats d'or à Ser Erbabuona.

Mosca eut alors un sourire mauvais.

– Nous les tenons, Excellence.

– Qui ça, Mosca ?

– Eh bien voyons, Donna Despina. Erbabuona, son complice. Quant au Carlo, il est hélas en dehors de notre juridiction.

– Vous voulez arrêter Donna Despina ? Sous quel prétexte ? Quelles preuves avez-vous ? Nous parlions de chef d'œuvre, il y a un instant. Je vous rappelle que nous n'avons absolument aucune preuve !

Le Chancelier avait élargi son élocution pour souligner ce fait navrant. Il poursuivait :

– Faire avouer la Priula ? Rappelez-vous comme elle pleure. Il faut des nerfs solides pour agir comme elle l'a fait le soir du meurtre et pleurer ensuite correctement. Quant à la faire avouer sous la corde, vous savez bien qu'on ne donne pas la corde à une femme. Elle serait une femme du peuple accusée de sorcellerie, alors oui, peut-être. Patricienne, à condition d'être confondue avec des arguments sérieux comme la plainte d'un époux, on l'enfermerait dans un couvent après l'avoir tondue, ça ne ferait pas l'affaire des apothicaires. Et puis une dame de la réputation de Donna Despina, respectée par tout le patriciat... Vous n'y pensez pas, Mosca.

– Alors, rendons publics les aveux d'Erbabuona. Son témoignage confondrait Despina. *Per Bacco*, Avoir ourdi depuis plus d'un an son veuvage et y parvenir, voilà un argument au moins aussi sérieux que la plainte d'un époux !

– Soyons sérieux, Mosca, sourit Aurelio en haussant les épaules, il faudrait faire revenir l'époux. Pensez-vous que ce soit possible ?

Mosca se signa précipitamment.

– Requiescat in pace, murmura-t-il avec un brin de frayeur comme si le mort menaçait d'apparaître, ce qui eût pourtant résolu le problème.

– De toute manière, c'est le Conseil des Dix qui décidera, reprit le Chancelier redevenu sérieux. Et pour lui, quel poids peuvent avoir les dires d'un apothicaire juif devant la conduite irréprochable d'une patricienne, le nom qu'elle porte, la splendeur de sa famille, sa réputation et le respect qu'elle inspire ? Personne ne vous croirait et vous seriez la risée publique. Jamais le Conseil des Dix ne prendrait une telle décision

– Et pourtant, cet Erbabuona vous a menti.

– Oh, je sais, il nous a résistés, un temps raisonnable pour ne pas avoir l'air de nous céder trop vite. Mais je répugne à accuser celui qui nous a aidés et nous aurons encore besoin de lui. Un homme de cette sorte, avec la menace qui pèse sur lui est d'un emploi considérable pour la tâche des sbires. Voyez plutôt : il va vous livrer les noms de toutes les dames qui utilisent ses *erbe di donne*.

– La belle affaire ! Autant faire la liste de toutes les belles femmes de Venise qui sont conviées aux cérémonies pour le cortège, pour la danse…

– Vous oubliez les pensionnaires des couvents. On vous demande parfois d'aller mettre de l'ordre par là, n'est-ce pas vrai ?

Oui, bien sûr, c'était vrai, ronchonnait Mosca en haussant les épaules. Le désordre des couvents, c'était une autre affaire qui n'avait rien à voir avec l'affaire Priuli. Et l'affaire Priuli, ce chef d'œuvre si bien décrypté, disséqué, dont il possédait tous les mobiles, était en train de lui glisser des mains, faute de preuves ! C'était à pleurer. Où était la justice ? Dans les preuves, soit. Et même avec des preuves… Mosca, à force de paroles et de gestes, exprimait pathétiquement son amertume. Le Chancelier leva la main pour l'interrompre :

– Ne vous désolez pas, Mosca. Il nous reste encore une chose importante à vérifier.

– Vous voulez parler de ce Carlo. Faut-il donc que j'aille à Florence ?

– Non point, mais c'est vous qui allez agir. J'ai accusé du retard dans mon travail pour le Conseil des Dix. Il me semble que nous avons à Venise une jeune personne que vous aurez plaisir à rencontrer. Une certaine florentine du nom de Lucetta.

L'œil saillant de Mosca s'alluma tout à coup. Sa morosité s'était envolée comme un nuage de pluie qu'un vent de l'est aurait chassé vers la mer. Son visage devint un ciel radieux.

– Je vois que l'idée de rencontrer une courtisane vous fait plaisir, sourit Aurelio.

15 : LE RIRE DE LUCETTA

Venise, ville de passage, mettait sous la protection du Conseil des Dix ses courtisanes comme ses Juifs. Ville de commerce, elle leur demandait en contrepartie de devenir des informatrices et informateurs. Il eût été facile à Mosca de convoquer la Lucetta. Mais cette fois, comme il fallait faire promptement, il prit la décision d'aller la voir. Cette joyeuse visite qu'il s'apprêtait à faire n'était-elle pas une mission qu'il avait reçue en haut lieu ? Et, pour obliger la Florentine à évoquer ses souvenirs tumultueux d'ennemie de la République, n'était-il pas astucieux de se présenter à elle en client anonyme ? Ainsi, Mosca se sentait tout léger à la pensée de pouvoir joindre l'utile à l'agréable.

Il se procura donc un petit ouvrage de quelques pages, le guide des courtisanes de Venise, bulletin d'information avec spécialités et adresses, ouvrage indispensable à qui visitait Venise en voyageur de passage, marchand ou pèlerin en route vers la Terre Sainte.

La Lucetta n'y était pas mentionnée comme la reine de Venise, loin de là, mais elle était quand même très appréciée. Pour trois ducats, elle offrait à souper, ce qui permettait de bénéficier non seulement de sa table raffinée, mais aussi d'un public choisi, d'une conversation légère, et de vins capiteux. Durant la soirée à cinq ducats, Lucetta lisait des poèmes chantait, dansait, offrait des mignardises dans une petite alcôve. Il en coûtait sept ducats à celui qu'elle choisirait pour passer la nuit dans ses draps de soie. Tout cela sans compter les cadeaux dont l'absence, on s'en doutait, vous renvoyait automatiquement au néant des anonymes. La Lucetta n'acceptait que l'or. Toutefois, il se lisait en petits caractères qu'elle offrait aussi une gâterie à un ducat d'argent. Presque une œuvre sociale.

En fait, constatant que les gens fortunés se lassent très vite, elle avait eu l'idée de renouveler en quelque sorte son fond de commerce. Elle se levait donc à la méridienne, se débarrassait des sanies de la nuit et, à condition que la servante lui annonçât du monde convenable, allait jeter un œil à la tapisserie, buvait un lait de poule pendant qu'on battait les coussins et rafraîchissait la couche, puis se faisait promptement lisser les cheveux, maquiller, parfumer, enfilait une chemise tirée du coffre, de lin fin agrémentée de dentelles, puis se recouchait. Le temps d'entendre des pas et des chuchotements dans la ruelle, elle faisait alors mine de s'arracher aux bras de Morphée en de gracieux étirements, semblait toute heureuse de rencontrer une paire d'yeux émerveillés qu'on pût sortir d'une soirée et d'une nuit entière d'amour aussi fraîche que la fleur printanière. Le client voyait, à bonne distance, et ses sens s'affolaient à la seule pensée que cette chair délicatement blanche avait été caressée une nuit durant. Ce plaisir-là durait une demi-heure à peine mais se prolongeait selon les capacités imaginatives de chacun. C'était également une vitrine, car mainte paire d'yeux se retrouverait un jour ou l'autre au souper, ou plus encore. C'était du moins ce qu'un esprit perspicace pouvait lire entre les lignes du bulletin d'information sur les plaisirs disponibles dans la Sérénissime.

Mosca, avait bien étudié le guide du pèlerin et soigneusement brossé son habit noir. Il avait laissé chez lui son bonnet brodé d'un lion ailé, s'était masqué, ce qui, à Venise était courant en temps de carnaval et fréquent dans les maisons de plaisir où on fait carnaval toute l'année. Il s'était en outre coiffé d'un joli bonnet de fantaisie avec plumes de couleurs et rubans. C'est dans cet appareil qu'il parut sur le seuil de la jolie demeure, tira la cloche, vit s'ouvrir un œilleton, puis la porte, se trouva devant une servante furtive comme une souris mais un peu bigle qui l'introduisit dans un salon minuscule aux murs lambrissés. Il n'y trouva rien de remarquable, sinon une tapisserie représentant des chérubins joufflus s'ébattant parmi les moutons et une chaise inconfortable. Mosca se trouva déçu. Quoi ! C'était là l'appartement d'une courtisane ? Cette tapisserie aux couleurs passées et ce semblant de siège ? Ainsi, tout ce qu'il avait appris sur leur compte, leur opulence, leur raffinement, tout cela lui parut bien mensonger. Il en avertirait l'imprimeur du guide du pèlerin ; il fallait déclasser la Lucetta.

Il attendait, et, n'ayant rien à contempler, se tourna vers l'étroite fenêtre derrière laquelle s'ébattaient les pigeons du campo. Au bout d'un temps, il lui sembla ressentir cette sensation confuse que l'on perçoit lorsque quelqu'un vous observe. Cela lui pointait dans la nuque, entre les épaules. Il se retourna, personne. Seulement la tapisserie et ces moutons idiots aux yeux morts. L'espace d'un éclair, il crut bien avoir percuté dans son champ de vision comme un éclat métallique, une ce ces paillettes qui brillent parfois dans la laine des lissiers. Aussitôt, il jugea que ces moutons le regardaient d'un air étrange et, comme il n'avait rien d'autre à faire, s'approcha, chercha la paillette et perçut un froissement derrière la tapisserie bien tendue sur son cadre de bois. Du bout de l'index, il la fit vibrer, chercha les interstices. La tapisserie était usée, il y avait beaucoup de fils élimés et les moutons le fixaient obstinément de leur regard stupide

Il passa un bon moment encore à tourner en rond, adressant à ces bébés joufflus et à ces moutons idiots les phrases élégantes et recherchées qu'il avait préparées pour les dire à la Lucetta. Soudain, une voix de souris lui parvint d'un mur latéral.

– Par ici, Signore, je vous prie.

La servante bigle tenait la poignée d'une porte qui s'était ouverte sans bruit dans le lambris de chêne.

Dès que Mosca eut pénétré dans la chambre de la Lucetta, il renonça à sa plainte auprès de l'imprimeur du guide du pèlerin. La pièce de belles dimensions était d'un confort douillet, d'un luxe sans pareil : murs tendus de soie, miroirs profonds, coffres sculptés, tapisseries et tableaux représentant des dieux de l'Olympe, dans leur superbe nudité et leurs postures acrobatiques de jeunes corps en plein délire amoureux. Des tapis de haute laine assourdissaient les pas ; des rideaux de velours filtraient la lumière du jour ; des crédences à dessus de marbre supportaient des girandoles scintillantes et des brûle-parfums aux formes inspirées de l'Orient. Et parmi tout cela, l'immense lit à baldaquin où, derrière des courtines légères comme des nuages d'été, sommeillait une créature de rêve sur un lit vaporeux, un visage admirable auréolé d'une chevelure de feu comme l'image d'une sainte au sommet d'un autel. Mosca eut le réflexe de se signer mais se retint à temps. Un doigt sur la bouche, la servante bigle lui enjoignit de se taire puis son index se pointa vers la dormeuse.

– Ne la réveillez pas, souffla-t-elle.

Mosca lui sut gré de son index pointé, car ses yeux qui regardaient ailleurs désignaient plutôt le petit chien emballé dans l'édredon. L'index se pointa ensuite vers un fauteuil confortable aux accotoirs de velours assez bas pour donner de la liberté aux mains. Le visiteur n'eut pas le loisir d'apprécier leur usure, car la créature de rêve poussa un petit gémissement en clignant des yeux et ce fut alors une autre fascination.

Et pourtant, il l'avait déjà aperçue, la Lucetta. Mais on voit les choses bien autrement lorsqu'on est habillé en sbire avec bonnet réglementaire, sans masque, dans un bureau sombre, derrière les grilles du palais des Doges. Ici, il voyait se mouvoir dans des ondulations languissantes et suggestives une créature ensorceleuse quittant avec ravissement les délices d'un songe enchanteur. Elle ouvrait des yeux étonnés et découvrait avec surprise le ciel de lit, le jour filtré par les courtines de soie, mais son visage s'illumina soudain d'une joie intense, émerveillée, rayonnante, lorsqu'elle le tourna vers l'homme ramassé dans son fauteuil, le masque noir troué de deux yeux de mouche exorbités sous un bonnet à plume de coq.

— Ainsi donc, tu es venu, murmura-t-elle dans un bâillement voluptueux.

Mosca se demanda un moment si elle l'avait reconnu. Mais dans l'affirmative, elle ne l'aurait pas tutoyé. Quoique.

— Tu sais bien que je ne pouvais pas ne pas venir, se félicita-t-il de trouver en guise de réponse.

— Oh, je t'ai attendu, tu sais… soupira-t-elle en se soulevant un peu de manière à dégager une épaule. Quelles nouvelles m'apportes-tu ?

Elle savait bien qu'à ce stade, beaucoup répondaient des platitudes du genre « j'avais trop envie de te parler, de te voir, de toi…» D'autres, n'ayant pas encore oublié où ils se trouvaient, parlaient de bijoux, de pierres précieuses, et ça donnerait peut-être l'occasion d'y revenir. Mais généralement, pour les séances à un ducat d'argent, ça s'arrêtait au premier stade, vu qu'il était défendu de toucher. Un coup de pied au petit chien qui sommeillait mettait celui-ci en alerte et le second coup libérait dans ses veines canines une agressivité étonnante pour un si petit animal. Les hommes les plus fantasques s'inventaient des histoires de marins revenus de Trébizonde, de rescapés, prisonniers depuis un an des barbaresques où ils avaient vécu soit l'enfer, soit le paradis dans les bras d'une hétaïre. Et la conversation durait la demi-heure réglementaire, après quoi la servante venait et cherchait des yeux l'intrus. Elle finissait toujours par le trouver et le priait de sortir en tendant la sébile. Au besoin, les crocs du chien venaient en aide. Déjà sa voix suffisait à couper court aux extases.

En attendant de savoir à quel genre d'individu elle avait à faire, la sirène aux cheveux rouges ondulait dans son écume blonde, ses longs cils avaient des mouvements de créatures sous-marines, découvrant par intermittence des yeux verts couleur d'eau de lagune.

— Je t'apporte des nouvelles de là-bas, prononça Mosca.

Certes, c'était toujours bon à dire, ça prolongeait le dialogue et ça n'engageait pas. Mais encore fallait-il que la *commedia* trouve un sujet.

— Qui as-tu rencontré ?

— Carlo.

— Carlo ?

Quel imbécile, se dit Lucetta. C'est donc à moi d'inventer une histoire à propos d'un quelconque

Carlo. À moins que Carlo soit le nom de l'amant de sa femme…

– Carlo ? Mais que lui veux-tu ? susurra la belle.

– Je le cherche, dit Mosca heureux de voir combien le jeu lui réussissait.

– Et… tu penses donc le trouver ici ? Voilà longtemps que je l'ai chassé, pourtant. Il ne me plaisait plus.

Les hommes sont fous des femmes capricieuses, c'est bien connu. Surtout si celles-ci ont mis leur dévolu sur le nouveau candidat qui frétille sous leurs yeux. Et, quittant sa moue charmante, la voilà qui s'extasie :

– Ce n'est pas comme toi.

Dans l'éventualité du mari trompé, cela apportait du baume au cœur. Quand elle disait ce genre de réplique, les cocus revenaient généralement le soir. Lucetta enveloppa la forme noire d'un long regard vert qui eut sur le sbire l'effet des yeux de la Gorgone. Lucetta en profita pour laisser glisser un peu plus la chemise. Son sein était lourd et voluptueux, galbé et rose. Mosca eut une érection formidable, retint son souffle, résista fortement à toutes sortes de tentations, avala sa salive et lança :

– Non, je ne cherche pas Carlo ici, bien sûr. Je viens de Florence.

C'est alors que la belle partit d'un éclat de rire, une cascade de tintements de clochettes :

– Carlo Perfalso ? L'amant de la Despina ?

– Que dis-tu ? sursauta Mosca.

Le sursaut était bien joué. Décidément, ce masque-là savait la comédie. Lucetta, en bonne courtisane, savait que la comédie n'était vraiment bonne à voir et à jouer que quand elle avait tous les dehors de la vérité. Or ici, elle n'avait pas à se forcer tellement :

– Le beau Carlo, l'amoureux de la Despina ! C'était une histoire connue dans tout Florence. Carlo n'avait pas le sou, Despina était une Strozzi. Ils s'aimaient, mais ne pouvaient pas se marier, vu leur condition. Il aurait pu l'enlever, mais pas question pour lui ni pour elle de vivre dans la pauvreté. On a cessé d'en parler, depuis que Despina, par dépit, a épousé le vieux Vénitien, plein aux as.

Lucetta riait de plus belle. Raconter des histoires, c'était sa passion. Elle en inventait d'incroyables, à ses soupers. Parfois, elle n'avait pas à chercher très loin. Les histoires d'amour, c'était toujours fabuleux.

– Tu dis vrai, Lucetta ?

Lucetta riait toujours. Pour une fois, cette comédie qu'elle s'imposait pour un ducat d'argent avait pris le côté passionnant des potins qui se racontaient autour de sa table du souper. Et pourquoi ne pas rire des gens qui sont loin et des histoires qui ne sont plus ? Et si Despina vit toujours à Venise, même veuve de son vieux, que le diable l'emporte.

– Et Carlo, qu'est-il devenu ? questionnait posément l'homme en noir.

– Oh, le beau Carlo… Je n'en sais rien et je m'en moque. D'ailleurs, j'ai quitté Florence. Il a dû oublier, ou bien en épouser une autre ou alors il attend toujours. Hi, hi ! La dernière fois que je l'ai vu, il y a plus d'un an, il m'a dit qu'il était sûr de devenir riche et d'épouser sa belle. L'amour l'avait rendu un peu fou, le *poverino* !

Lucetta riait tellement qu'elle en avait les larmes aux yeux. Elle s'empara d'un mouchoir de dentelle, s'épongea consciencieusement les paupières, prenant bien garde à ne pas faire couler le maquillage. Son sein tressautait joliment sous les spasmes hilares et pour récompenser son client d'aujourd'hui, l'inviter à revenir, elle fit mouvement pour émerger un peu plus des vagues de son drap. D'ailleurs, le temps imparti était presque passé et la servante allait apparaître. Mais quand elle leva les yeux, l'homme était déjà debout, et avait soulevé son masque. Le rire de Lucetta s'éteignit aussitôt qu'elle reconnut Mosca.

– Lucetta, dit placidement le sbire, tu viendras nous répéter cela au palais demain. N'oublie surtout pas et sache tenir ta langue, si tu veux rire encore.

16 : UNE PREUVE D'UN GENRE NOUVEAU

Quand, le surlendemain, Nicolò Aurelio rédigea l'ordre du jour du Conseil des Dix, il eut soin d'y ajouter un point concernant de l'affaire Priuli.

– Ser Pietro Priuli, le brave homme, susurra Marco Balbi, conseiller récemment élu. Que Dieu ait son âme. Son successeur a-t-il repris diligemment ses dossiers ?

Un geste agacé de Domenico Barbarigo coupa court aux propos de l'angélique impertinent. Le Chef du Conseil des Dix lui rappela brièvement que le Grand Chancelier avait reçu un mois pour retrouver lesdits dossiers sur lesquels le successeur se pencherait diligemment. Un mois et une semaine s'étant écoulés, il y avait lieu d'écouter ce que Messer Aurelio avait à dire.

— Avez-vous enfin retrouvé nos plans des écluses de terraferma, Messer Chancelier ? lança le Capo en direction d'Aurelio.

— Non point, Signore, à l'exception d'une feuille. J'ai toutes les raisons de penser que ces plans ont disparu en même temps que son détenteur.

Domenico Barbarigo eut un geste rageur. Les autres se contentèrent d'exprimer leur consternation à voix plus ou moins haute.

— Comme j'ai eu l'honneur de vous en informer au lendemain des obsèques de Ser Priuli, j'étais allé en votre nom visiter la veuve et je reçus à cette occasion et de ses mains le coffret censé contenir les documents ainsi que la clé que Ser Priuli gardait en toute circonstance suspendue à son cou. Vous avez su que les documents avaient disparu sans que la serrure du coffret ait été forcée. Ce premier fait étrange vous a confirmés dans votre volonté de me confier l'enquête secrète : retrouver ces plans et expliquer leur disparition.

— Or donc, où sont-ils ? chevrota le vieux Vendramin qui avait l'oreille sourde et venait de comprendre de quoi il était question.

— La fouille minutieuse de la maison ne donna rien. C'est son valet personnel qui, en rangeant son appartement, nous apporta un des feuillets qu'il avait trouvé dans une poche de l'habit que Ser Priuli portait au souper d'où il revint malade avant de mourir quelques heures plus tard. Je concentrai donc mes recherches sur les personnes présentes au souper, d'autant plus que Ser Butiron, notre médecin légiste, affirmait être certain que le poison avait été absorbé durant la soirée. Dois-je vous préciser, Signori, que j'ai envisagé toutes les hypothèses, y compris le vol, l'échange, hypothèses qui supposaient chacune que, pour une raison inconnue, Ser Priuli aurait ouvert le coffre pour en sortir les documents au profit de tiers, ce qui revenait à le soupçonner de traîtrise. Aucune de ces hypothèses n'aboutissant à rien de plausible, je me lançai donc dans une autre direction en me disant que la clé aurait pu être dérobée tandis que Ser Priuli était à l'article de la mort, c'est-à-dire chez lui.

– Dérober une clé à un mourant, mais enfin, qui aurait osé…

Domenico Barbarigo fit signe à Ser Foscari de se taire.

– Messer Chancelier, dit le Capo, nous regrettons infiniment le sort de Ser Priuli, mais ce qui nous intéresse en tant que Conseil des Dix, c'est le sort des plans.

Ser Vendramin se penchait tellement en avant, la main incurvée sur sa mauvaise oreille, qu'on pouvait craindre à tout moment de le voir glisser de son siège.

– Certes, répliqua Aurelio, mais comment comprendre ceci sans expliquer cela ? Il fallait donc savoir ce qui s'était passé, minute par minute, dans la chambre de Ser Priuli pendant qu'il perdait la vie. J'interrogeai donc son domestique, sondai les habitudes de la dame. Je fus amené à découvrir que la Signora Priula entretenait une correspondance avec quelqu'un à Florence, par le truchement de son apothicaire installé à Cannaregio et de l'homologue de celui-ci à Florence.

Le récit fut interrompu par une série de réflexions et questions auxquelles Aurelio répondit de bonne grâce.

— Rien d'étonnant à cela, elle est Florentine.

— La petite Priula ? Une sainte !

— Ts, ts… *Lunga via, lunga bugia* (route longue, long mensonge).

— Et connaît-on cet apothicaire ? Quoi ? Le juif Erbabuona !

— Ah, celui-là… J'espère que nous le surveillons.

— J'ai toujours dit qu'il fallait rassembler ces Juifs en un seul lieu pour mieux les surveiller, clama Ser Vendramin dans l'oreille de son voisin.

— Une correspondance, pour quoi faire ? Son devoir est à Venise !

— Elle a laissé de la famille à Florence.

— Ser Priuli lui interdisait-il donc d'écrire à sa famille ?

— Non point, Messer, répondit Aurelio à cette dernière question. Nous avons même trouvé dans son antichambre des lettres à ses frères, des propos tout à fait innocents, un style presque enfantin. Elle s'y plaignait de ne point concevoir, selon les vœux de son époux. Mais dans le même temps, elle se faisait livrer par différents charlatans des herbes supposées empêcher l'effet de la semence.

Une nouvelle série d'exclamations et de questions confuses stigmatisèrent à la fois la naïveté des femmes, leur rouerie, celle des charlatans, exhalèrent surtout l'angoissante impuissance de la gent masculine face aux complots dressés contre eux. L'image de Donna Priula se froissait de minute en minute. Tout cela fut couvert par la voix impérieuse du Capo :

– Messer Aurelio, point d'affaires de femmes, je vous prie, mais des plans !

– J'y viens, Excellence. Je tente à présent de répondre à la deuxième question qui est de savoir comment ces plans ont disparu.

Le Doge connaissait assez le Chancelier pour savoir qu'Aurelio ne s'égarait jamais qu'en apparence. Leonardo Loredan avait suivi son exposé sans exprimer de surprise ni d'émotion. Il frappa quelques coups sur le flanc de bois de son siège et aida Aurelio à reprendre le fil interrompu :

– Mais alors, à qui écrivait-elle, et pour dire quoi ? fit la voix profonde et calme de Sa Sérénité.

C'était la question qu'Aurelio attendait.

– C'était une correspondance amoureuse, Prince.

Les voix se levèrent aussitôt de plus belle. Quelques rires aussi. Les uns classèrent aussitôt le vénérable et regretté Priuli, presque leur contemporain, parmi les maris trompés par des femmes jeunes qui les épousent dans l'espoir de les voir mourir. À ceux-là, Donna Priula commençait à devenir sympathique. D'autres se récriaient, stigmatisant la duplicité féminine. Pour ceux-ci, l'image de Donna Priula sombrait dans la fange. La séance du Conseil des Dix menaçait de tourner en comédie comme celles que l'on donne sur la place St Marc le jour de la *sensa*. Le Capo Barbarigo intervint à nouveau en frappant furieusement de son petit marteau de bois.

– Comment une correspondance amoureuse fait-elle disparaître des plans ? aboya-t-il.

– Signor Barbarigo, la vérité est une civelle qui se cache et ruse pour nous échapper. Elle ne peut toutefois éviter de révéler sa présence par les remous qu'elle fait en surface. La dernière lettre qu'écrivit Donna Priula à son amant florentin, la seule dont l'apothicaire ait pu faire sauter les cachets, promettait à un certain Carlo de faire tout ce qu'il lui commanderait ; quant à la dernière lettre de Carlo, scellée en cinq points, elle était plus épaisse que les autres. Selon l'apothicaire, elle pouvait fort bien contenir un sachet de poudre. Enfin, nous pensions que Ser Priuli avait été empoisonné au souper ; or, notre maître des substances, interrogé plus avant, me révéla qu'il existe des poisons florentins plus lents que les nôtres. L'un de ceux-ci pouvait avoir été administré bien avant le souper auquel se rendit Ser Priuli.

– C'est ce que j'ai toujours dit : on fait trop confiance à ces hommes de l'art ! hurla Ser Vendramin, pensant que seul son voisin pouvait l'entendre.

– Enfin, poursuivait Aurelio, de tous les éléments récoltés, l'on peut déduire avec vraisemblance les faits suivants : lorsque Ser Priuli revint chez lui, déjà malade, Donna Priula, fidèle à sa promesse, exécuta tout ce que son amant lui avait commandé. Elle le fit avec une minutie et un sang froid étonnants. Elle s'arrangea pour être seule une bonne demi-heure avec le mourant, lui prit la clé sans qu'il pût y prendre garde, vida le coffret, jeta les plans dans le feu, sauf une feuille prise au hasard, qu'elle glissa dans l'habit, replaça la clé au cou du moribond et l'aida à mourir. Son crime la rendait libre et nous obligeait à porter toute notre attention sur la disparition des plans et un soi-disant crime politique qui nous occupa pendant plus d'un mois. Seul le hasard et l'alignement de détails infimes me fit supposer la vérité : un crime longuement prémédité, exécuté avec soin, et dont les mobiles sont la passion.

Cette fois, la voix d'Aurelio retomba dans le silence et celui-ci se prolongea. Dans l'hémicycle, les visages figés exprimaient la stupeur, l'effroi, l'incrédulité.

— Messer Aurelio, cela paraît à peine croyable, dit le Capo.

— Est-il plus croyable que Ser Priuli ait vendu des secrets de la République ou se les soit fait voler, sauf une feuille ? J'ajoute, Signori, que je n'ai aucune raison de mettre en doute le témoignage de l'apothicaire et je demande au Conseil de ne point inquiéter Ser Erbabuona, qui nous est une source importante de renseignements. Il est évident que toute trace de cette correspondance a été effacée, brûlée.

— On brûle beaucoup de choses, dans vos cheminées, Aurelio, alors que la saison est clémente, dit une voix aigre de sarcasmes.

— C'est exactement un des indices qui me mit sur cette voie, Messer Tron. Et c'est ce qui m'a fait penser que les documents que nous cherchons ont été détruits. Pour quelle raison un voleur cherchant nos plans, en supposant qu'il ait pu profiter d'un manque de vigilance de Ser Priuli, pour quelle raison aurait-il glissé une feuille dans l'habit de ce dernier ? C'est exactement l'erreur que commet le criminel qui veut égarer l'enquêteur : il pose un indice de trop.

Leonardo Loredan, que la constante aigreur de Tron agaçait un peu souleva une main :

– Mais quelle preuve avez-vous, Messer Aurelio, de tout ce que vous avancez ?

– Aucune, Votre Sérénité.

Ces mots soulevèrent cette fois un tonnerre de protestations. Quoi ? Accuser une noble patricienne sur les dires d'un apothicaire juif, d'avoir empoisonné un époux envers qui elle se montrait fidèle et loyale ! Le Grand Chancelier était-il devenu fou ? Mais celui-ci attendait placidement la fin du tollé. Loredan voyait bien qu'Aurelio tenait encore un atout dans sa manche. Sans aucun doute, il réservait au Doge la joie de lancer la question décisive. C'est pourquoi Sa Sérénité leva une fois encore la main pour imposer le silence.

– Absolument aucune, répéta Aurelio. Je ne vous ai donné que mon intime conviction. C'est aussi la seule hypothèse qui réponde à toutes mes observations, n'induise aucune question insoluble et suive une parfaite logique criminelle. Non, le crime était presque parfait car il n'en existe à ce jour aucune preuve.

– *Presque* parfait, à cause de la feuille, releva Loredan saisissant la balle au bond. Mais que voulez-vous dire par *à ce jour*, Messer Chancelier ?

– Il me semble que nous aurons à attendre un an. Si dans un an, Donna Despina, veuve Priuli, ayant respecté en tout honneur sa période de deuil, retourne dans le monde et y rencontre un jeune homme venu de Florence, pauvre et bien fait de sa personne, du nom de Carlo Perfalso ; si dans à peine plus d'un an, elle annonce son mariage avec ce dernier, alors, vous saurez que j'ai deviné juste.

– Voilà un nouveau genre de preuve, Signori : la preuve par le mariage ! s'indigna Domenico Barbarigo. Mais enfin, une bonne justice nécessite des aveux et doit punir de façon foudroyante.

– C'est vrai, dit Marco Balbi. Mais voulez-vous arracher des aveux à Donna Priula ? Personne ne vous comprendrait.

– Au Juif, alors...

– Personne ne le croirait.

– Oh, remarqua Ser Foscari, on le jugerait pour avoir servi d'entremetteur, mais on l'exécuterait plus sûrement pour avoir osé calomnier une dame. Une mort inutile. Et rappelons-nous que ces Juifs nous servent.

– *Tarda saepe sed certa veritas ac justitia venit*, prononça le Doge qui aimait les citations latines. Oui, Signori, la justice peut être lente à venir, mais elle vient avec certitude. Je propose d'attendre une année cette preuve d'un genre nouveau que nous promet notre Chancelier. Nous aviserons alors de ce qu'il y aura lieu de faire.

17 : TROP TARD

Les ombres tombaient, obliques et douces, à travers les ogives des fenêtres. Derrière leurs résilles de plomb, le ciel teinté de sang empourprait les couleurs des étoffes, approfondissait les rouges des tapis, colorait les coffres d'une nuance d'acajou et posait un reflet improbable sur le visage qui se tournait vers Aurelio. Nicolò Aurelio s'imposait de ne point bouger, de laisser ses regards glisser sur les reliefs suaves de la femme qui l'observait à quelque distance. Elle se laissait détailler avec une indulgence étudiée, retenait visiblement un sourire de triomphe, s'efforçant de le nuancer d'une tendre malice. Nicolò Aurelio prenait son temps. Il voulait que la femme se plie à son humeur. Une humeur qui avait toute l'apparence du non désir mais qu'il laissait aller au rythme languide de sa lassitude.

La fin d'une mission qui lui avait pris toutes ses énergies le laissait vide et presque étranger à lui-même, dévêtu de son importance. Il rentrait chez lui où personne ne l'attendait, longeait les quais où il encombrait le passage des derniers portefaix, passait comme une ombre à l'heure mélancolique de la tombée du jour et se sentait moins utile que l'allumeur de torchères. De proche en proche, une taverne laissait échapper des échos de buveurs festoyant, des rires de femmes. La joie des autres le renvoyait à sa solitude ; leur activité, à son désœuvrement. Il savait que c'était là un état intermédiaire qui ne se prolongerait guère. Il s'aidait en allant chez Fantina trouver de l'amusement à participer aux raisonnements saugrenus de Costantino. Mais il s'en voulait de n'aller chercher à Santa Croce que le moyen de remplir les heures où l'énergie venait à lui manquer. Pauvre Fantina qui pourtant forçait sa nature timide avec des inventions dignes des courtisanes.

Les courtisanes. Celle-ci avait envahi son esprit, comme le chiendent qui se répand sur les terrains en jachère ; comme la soif qui fustige le voyageur après la traversée du jour ; comme l'image qui attend l'heure du sommeil pour envahir les rêves. Comme un corps habitué à une drogue, son esprit engourdi s'était à nouveau rempli du besoin de Laura et parce qu'il était venu satisfaire cette soif, il s'imposait de la contraindre, sachant que tôt ou tard, il l'étancherait à satiété, avec emportement.

Il aimait l'idée qu'il ne lui était pas indifférent. Leurs rencontres n'avaient jamais la fruste brutalité des amours tarifées. D'ailleurs, les *cortegiane oneste* avaient toutes l'art de transformer une rencontre convenue en un instant fortuit et unique. Il savait cela. Avec Laura, le jeu de la séduction prenait toujours des voies nouvelles dont il attendait la surprise, dont il se méfiait, tout en y prenant plaisir. Aujourd'hui, parce qu'il était las, il la laissait choisir une partition tandis qu'il se remplissait les yeux. Il attendait qu'elle vienne à lui, se laissait courtiser en quelque sorte. Elle lui avait lancé :

– Monsieur le Chancelier, comment faut-il que je vous appelle aujourd'hui ?

Il se souvenait que leur dernière rencontre s'était déroulée dans son bureau de la chancellerie, qu'il avait coupé court assez brutalement à toute familiarité, qu'ils n'étaient pas arrivés à accorder leur ton à la gravité des circonstances, qu'elle l'avait pourtant aidé et qu'il ne l'avait pas crue. Aussi voulut-il tirer un trait sur ce malentendu et répondit-il le plus légèrement qu'il put :

– Comme chaque fois que je viens me mettre sous votre coupe, Laura.

– Fort bien, Nicolò. Nous revoilà donc amis. J'aurais été au désespoir qu'il en fût autrement.

Il avait repris sa place au milieu de l'immense divan qui se trouvait sous la fenêtre. Elle voyait à contrejour son visage aux traits réguliers, ses yeux clairs et ses rides en forme de pattes d'oie qui se dispersaient vers ses tempes aux cheveux argentés.

Elle s'en fut verser le vin et s'en revint avec deux coupes, lui tendit la sienne :

– Je vous ai servi du Malvoisie. Je me souviens que vous l'aimez.

– J'aime surtout que vous vous soyez souvenue de cela.

Elle vit sa main s'avancer, une main soignée garnie d'une grosse bague. Elle se rappela ce qu'elle lui avait dit, concernant les bagues à réservoir. C'était il y a plus d'un mois, après la soirée du Capitanio Marcello. Elle souleva sa coupe, et juste avant que leurs regards se pénètrent avant de boire, elle vit ses yeux glisser sur la bague qu'elle portait aussi.

– Êtes-vous toujours méfiant, Nicolò ?

– Ai-je quelque raison de l'être ?

– Vous auriez bien tort, répondit-elle mutine. D'ailleurs, avec vous, je n'ai jamais besoin de valériane.

Elle se défit de sa bague qui alla rouler sous le divan et revint planter son regard malicieux dans les yeux gris un peu las, les pattes légèrement plus marquées sous un sourire énigmatique. Énigmatique, pensa-t-elle. De quoi était mort Priuli ? Le savait-il, à présent ? Mais elle ne posa pas cette question-là. Elle dit :

– Avez-vous trouvé ce que vous cherchiez ?

– Je le crois.

Il l'observait toujours. Elle avait les yeux couleur de miel sombre et la peau dorée par les cristaux de lumière. Ses cheveux relevés en tresses flamboyaient autour d'un visage lisse, admirable, d'une pureté de marbre grec. Son long cou venait de se ployer vers lui avec la grâce d'une tige supportant le calice trop lourd d'une fleur. Elle entrouvrit les lèvres pour boire à la coupe ; leur pulpe incarnate se tendait, se gonflait comme une créature sous-marine. Elles avaient la couleur de sa robe, elles étaient comme elle d'un rouge profond strié de pourpre avec des perles brillantes cachées dans leurs replis. Aurelio en eut un élancement de désir. Mais il voulait attendre, et même suspendre le temps. Il buvait à petites gorgées, conservait longuement dans sa bouche le breuvage doux, le laissant répandre jusque dans ses narines, jusque dans son gosier, ses vagues amples aux arômes de liqueur.

– En fait, je n'en sais rien, finit-il par ajouter.

Il exprimait ainsi son état de vide et d'indifférence. Il était le marcheur fatigué parvenu au sommet d'une montagne et tout ce qu'il avait grimpé de route lui parut soudain si peu, si petit, dérisoire. Il était venu respirer l'air pur de la montagne et attendait d'en faire monter l'ivresse pour se mettre en mouvement.

– Quelle importance… ? commença-t-il.

Une phrase inachevée dont elle comprendrait le sens. Pour elle, il était sûrement le laboureur fourbu qui doute de sa récolte et vient se laver les pieds au retour des champs. Son état de courtisane devait lui brosser ce tableau de leur présence ici. Elle se trompait, évidemment, mais cela n'avait pas d'importance non plus. Le lui dire compliquerait son existence sans changer l'ordre du monde. Pour s'excuser d'avoir eu cette pensée, il lui sourit.

Comprit-elle aussi le sens de ce sourire, estimait-elle avoir assez respecté sa retenue ? Le jour sombrait de minute en minute. Elle se leva dans un grand froissement de sa robe de soie, virevolta comme une flamme vive sous la lumière mourante. Il vit se lever ce nuage rouge, le regarda s'éloigner, revenir portant l'étoile d'une chandelle.

– Non, dit-il. Pas encore. Laissez mes yeux s'habituer à l'obscurité. J'aime la pénombre du soir.

Docile, elle souffla la bougie. Elle devina qu'il souriait encore.

– D'ailleurs, je suis venu me confesser.

– Ah ! fit-elle primesautière. Allons, contez-moi donc tous vos crimes.

– La soirée y suffirait à peine.

– Dans ce cas, ne perdons pas de temps.

J'ai douté de vous, pensa-t-il. Mais ça n'avait pas beaucoup de sens non plus de dire cela à une courtisane venue s'asseoir à ses côtés en robe rouge très échancrée sur un divan de soie. Il se contenta de changer de position, d'appuyer nonchalamment le coude sur le dossier du siège, de se vider l'esprit, d'en ressentir du bien-être, d'en attendre du bonheur. Il avançait la main vers le visage clair qui sortait de l'ombre. Du revers d'un doigt, il caressa la joue, tourna la courbe du menton, descendant vers la saignée du cou, de là, suivit le rebord de la robe et s'attarda dans ce creux si léger à la jointure de l'épaule. Frémissait-elle ? Elle respirait un peu plus fort, soulevait les seins dont avec lenteur il approchait le galbe exquis.

– Laissez-moi maîtriser le temps, murmura-t-il. Je mets le temps au service de mon désir. Je le soumets, je le dompte.

Ses doigts cherchaient encore, trouvaient les beaux fruits, les caressaient avec une délectation de connaisseur, hésitaient, effleuraient, s'attachaient à l'un, revenaient à l'autre.

– Le temps cache dans sa coque de fer des moments de délices comme une robe lacée dont on dénoue un à un les rubans. Chaque instant, chaque ruban libère une parcelle de volupté. N'allez pas trop vite, la jouissance est une heure qui approche. Laissez-moi jouir de votre peau, m'enivrer de votre parfum. Quand j'aurai joui, il sera trop tard.

La voix d'Aurelio était lente, accompagnait de son bourdonnement sonore les déplacements langoureux de ses doigts. Laura ne put s'empêcher d'aimer cette montée indolente de la sensualité.

– Pourquoi trop tard ? dit-elle. Trop tard pour quoi ?

Elle s'approcha, offrit ses lèvres qu'il prit avec lenteur, retint dans un long baiser. Les mains de Nicolò poursuivaient l'exploration du corsage tandis que la double interrogation retentissait en écho dans son cerveau engourdi. Sans se poser la question de savoir si les deux phrases avaient la même signification, Aurelio poursuivait la libération progressive des minutes et des rubans. Bien sûr, il ne serait jamais trop tard pour jouir encore. Sa conscience ne s'attachait en ce moment qu'à cette longue et savante montée qui étirait, allongeait, amplifiait le désir. Son désir, ce manque insupportable, ce supplice délicieux, cette attente frémissante mais sans angoisse, cette promesse que les atermoiements rendaient lointaine, ces tergiversations avec ses propres exigences, ce caprice de sa propre impétuosité. Il savait que lorsqu'il cesserait de maîtriser son désir, tout son être se désagrégerait le temps d'une flamme, comme un insecte jeté au feu et que la volupté changerait de visage.

Tous les rubans étaient à présent dénoués, le corsage s'ouvrait comme une gousse, libérant les seins charnus qu'il pétrit, y portant ses lèvres, mordit. Ses mains fouillaient la chair palpitante qui montait vers lui parmi des mots confus, des gémissements. Des lèvres, il explorait le creux du cou, la poitrine, revenait à la bouche, à la conque des oreilles pour y laisser des soupirs.

Pourtant, au fond de sa conscience, la double question s'était réduite à deux mots : « trop tard ». Cela sonnait comme « sans retour ». Des mots amers que l'on jetait aux condamnés. Oui, il était pris dans les rets de la belle Laura. Oui, elle l'avait fasciné, grisé, ensorcelé. Il humait son parfum, buvait sa chair comme on boit un vin fort, en recueillait l'ivresse. Et il était trop tard pour se défaire des liens délicieux qui faisaient de lui l'homme le plus heureux du monde et en même temps un prisonnier, un esclave, une proie. Mais, puisque sa passion l'avait déjà condamné, il s'y précipitait avec d'autant plus de fougue.

Ils mêlaient leurs halètements comme deux coursiers excités par le même aiguillon. C'était elle, à présent qui le conduisait sur le chemin de sa perte ou de sa félicité : ses doigts s'activaient sur ses aiguillettes, elle le libéra de ses vêtements, mit sa main en coquille sur son sexe, tendu jusqu'à la douleur. Il émit un gémissement, un de ces sons inarticulés qui sont communs à la jouissance aiguë et à la douleur extrême. La robe rouge s'étalait en corolle autour de la forme blanche, une forme claire dans le soir pourpre.

Aurelio, renonçant à toute entrave, s'y précipita dans un élan sauvage.

18 : UN EXCÈS DE BONHEUR

Un an avait passé. La guerre avait changé de visage depuis que quatre sénateurs chenus étaient allés se prosterner devant le Pape Jules qui avait fait mine de leur donner le fouet. Ainsi, le prince de Rome était devenu l'allié de la Sérénissime dans son effort de bouter hors d'Italie ceux-là même qu'il avait appelés à l'aide quelques années plus tôt. Sa Sainteté ayant contraint Sa Sérénité à lui rendre ses salins qui lui rapportaient les sommes immenses nécessaires au prestige de Rome, on se battait ensemble contre Français, Autrichiens, Espagnols. La République avait récupéré des villes et respirait ; le commerce avec l'Orient n'avait jamais ralenti ; Venise festoyait de plus belle.

À la fête de la Vierge de la mi-août, l'on vit apparaître dans la procession une dame dont la jeunesse et la beauté attirèrent tous les regards. Le voile de dentelle noire qui recouvrait sa chevelure claire aux reflets de cuivre exaltait son teint frais. La connaissait-on ? Son visage frappait par ses traits juvéniles. Certains se rappelèrent l'avoir déjà rencontrée dans le monde au bras d'un homme d'âge mûr. Qui donc ? On murmura le nom de Pietro Priuli. Ser Pietro Priuli, oui, le *savio di terraferma*, qui était mort subitement l'année passée. Voilà donc sa veuve…

La riche Donna Priula s'était installée dans un palais du quartier neuf de Zanipolo et avait changé tout son domestique. Après s'être montrée dans d'autres manifestations de piété, elle parut dans une fête chez ses cousins Strozzi, puis chez Labia, chez Mocenigo, chaque fois dans une vêture un rien plus claire et plus ornée, et chaque fois approuvée en haut lieu par la Signora Trevisan, qui se voulait la référence en matière de bon goût et de bienséance. Autour de son frais minois, se bousculaient les admirateurs, prétendants, joueurs et chasseurs de dots. On pensa un moment qu'elle accorderait ses faveurs à Taddeo Foscarini, un beau parti pour une Florentine qui n'était après tout qu'une cousine de banquiers. Quand vint la période des masques, on trouva à ses côtés un grand jeune homme fort élégant et fort assidu. Quelle surprise, lorsque dans la nuit, au moment où les masques se lèvent, l'on put voir le visage du jeune homme. Un visage magnifique, en vérité ; cheveux bruns, peu de barbe, regard ardent, il aurait pu servir de modèle à un Saint Jean sur les autels. Mais parfaitement inconnu.

Aussitôt, les langues allèrent bon train, les prétendants déboutés suivirent à la trace l'heureux élu, les envieux allèrent aux nouvelles et les uns comme les autres s'en retournèrent écœurés : la belle et riche Despina n'avait-elle pas posé son dévolu sur un misérable commis de la banque Strozzi, dépêché récemment de Florence pour une affaire de banquiers ? Un certain Carlo Perfalso que la Sérénissime avait laissé entrer parce qu'elle ne pouvait rien refuser aux Strozzi qui finançaient la guerre. Un joli godelureau, certes, mais aucun nom et pas un sou. Oh, bien sûr, des sous, la belle Despina en avait pour deux, pour quatre, pour six, et la Signora Trevisan, se souvenant soudain que la Despina n'était patricienne que par son mariage avec feu Ser Pietro Priuli, la renvoya à son statut de femme venue de loin et clôtura le chapitre Despina en clamant bien fort « *chi s'assomiglia si piglia* » (qui se ressemble s'assemble).

Or, si la Signora Trevisan fermait le dossier, Aurelio rouvrait le sien.

– Signori, dit-il un jour au Conseil des Dix, la veuve de Pietro Priuli et le citoyen de Florence Carlo Perfalso viennent d'annoncer leur prochain mariage.

– Des épousailles entre *cittadini* ? En quoi cela nous concerne-t-il ? lança Marco Balbi.

À la demande du Capo, le Chancelier résuma brièvement l'affaire, puis le Doge ajouta :

– Cette preuve d'un genre nouveau que vous nous aviez annoncée, Signor Cancelliere : la preuve par le mariage. Mes félicitations pour votre sagacité. Voilà deux misérables qui ont longuement prémédité leur crime. Qu'allons-nous en faire ?

On débattit donc. Il fut question de donner la corde au beau Carlo mais c'était infliger à Ser Priuli une paire de cornes à titre posthume. Sa mémoire ne méritait pas cela. On chercha autre chose. Enfin, le vieux Vendramin, pointant un doigt vengeur vers un volume des Évangiles qui servait à prêter serment, s'écria : « Qui brandira le glaive périra par le glaive » ! On fit donc venir Ser Tossego, le maître des substances. Encore fallait-il que les coupables sussent pourquoi ils étaient punis, qu'ils sentissent passer sur eux la justice humaine avant le jugement de Dieu. On s'en était donc remis au Grand Chancelier qui, comme d'habitude, exécuterait les ordres du Conseil des Dix.

Despina et Carlo s'entretenaient calmement devant le feu qui crépitait dans la cheminée. Leur contrat de mariage était signé, tout était en ordre, la noce commencerait le lendemain et durerait trois jours au moins. Quelle récompense à leur longue patience ! Buvons, mon amour, à la fin de ce cauchemar et au bonheur qui nous attend. Buvons et oublions. C'est alors que le valet entra leur annoncer la visite du Grand Chancelier.

Aurelio était la suavité personnifiée. Il venait de la part du Doge et du Conseil des Dix complimenter les fiancés et, puisqu'ils venaient de Florence et comptaient faire souche à Venise, leur apportait leur certificat d'appartenance à l'ordre envié des cittadini de la Sérénissime, avec les sceaux nécessaires et un chiffre d'inscription au livre d'argent.

– Notre République est flattée de compter parmi ses nouveaux citoyens la maison que vous vous apprêtez à fonder. Je salue cet amour, qui perdure depuis bientôt trois ans, malgré l'éloignement et le sort qui semblait lui être contraire. Il mérite d'être loué pour sa constance. Trois ans de patience et quels efforts consentis pour changer le cours des choses ! Car enfin, une lettre n'est pas une présence ; un projet n'est pas une certitude. Oh, je sais, la mort de Ser Priuli, paix à son âme, fut une de ces épreuves que vous avez endurées, Signora. Je vous ai vue pleurer amèrement et je me rappelle vous avoir entendue regretter de ne pas lui avoir donné de postérité. Vous en donnerez à Ser Perfalso, j'en suis sûr. Mais je suis sûr aussi que les mânes de Ser Priuli se réjouissent de vous avoir, en mourant, conduite au seuil du bonheur qui est aujourd'hui le vôtre.

Despina françait les sourcils, interrogeait le visage de Carlo qui souriait comme s'il réagissait au ton du couplet sans en comprendre les paroles. Il pâlissait toutefois. Heureusement, cet oiseau de malheur vêtu de rouge, tout en débitant son discours doucereux, se levait déjà pour partir. Il se ravisa soudain au seuil de la porte :

– Oh, j'oubliais… L'eau entoure la ville, n'est-ce pas ; vous pourriez vous sentir prisonniers. Mais il n'en est rien : la lagune est plus sûre que des murailles et, comme nous sommes en guerre, nous la surveillons avec soin.

L'homme rouge salua une dernière fois et s'en fut sous le regard interloqué des fiancés. Quand ceux-ci entendirent claquer la porte sur le campo, ils coururent jusqu'à la fenêtre où, dissimulés par les tentures, ils virent le Chancelier s'éloigner suivi des pages qui l'avaient attendu en bas. Un instant, Despina crut reconnaître Sirio, le valet de chambre de Ser Priuli. C'est alors qu'elle se mit à frémir, trembler de plus en plus fort, trembler convulsivement, comme si sous la silhouette de Sirio se cachait le fantôme de Ser Pietro. Elle murmurait :

– Carlo, Carlo chéri... Ils savent... Ils savent.

– Ils ne savent rien, affirma Carlo avec désinvolture.

– Ils savent.

C'était le seul mot qui passait ses lèvres, ses dents serrées. Ils sortaient, retenus, tremblés, échappés des spasmes de sa poitrine.

– Quelle preuve ont-ils ? Pas une lettre, pas un grain de poudre. Ils font semblant de savoir pour nous effrayer. Maudits Vénitiens.

– J'ai vu Sirio. Il a dû savoir. Il a parlé.

Carlo entoura Despina de ses bras, la conduisit près du feu. Ils passèrent en revue tout ce qu'ils avaient fait depuis leur décision prise dans la fièvre à Florence, leur séparation provisoire et la soirée de la San Mattio, où les gestes froidement calculés leur avaient ouvert la porte de leur félicité. Aux angoissantes terreurs de Despina répondirent des paroles brûlantes d'amour, à ses tremblantes appréhensions, de froides déductions.

– Et d'ailleurs, conclut-il, s'ils savaient, ils m'auraient arrêté, non ?

– Cette visite...

– Poudre aux yeux. Quand la guerre sera finie, mon cœur, nous retournerons à Florence et nous oublierons tout ceci.

Cette perspective confiante eut raison de leurs alarmes. Que faisions-nous, avant la visite de ce spectre rouge aux yeux gris ? Nous buvions. Oublions, mon cœur. Tout cela est un mauvais rêve. Demain, nous nous marions…

Le vin avait un goût douçâtre, agréable, somme toute. Il chassait l'amertume de la bouche et de l'âme. Despina se réfugia dans les bras de son amant. Ce contact l'apaisait mais ses yeux ouverts trahissaient encore l'inquiétude profonde. Lui gardait sa contenance de mâle intrépide mais ses regards se perdaient parfois dans le vide. La nuit, la fatigue anéantit leurs frayeurs et le lendemain, les invités officiant comme de coutume aux préparatifs, dissipèrent les dernières ombres. Despina, louvoyant parmi les fleurs, s'enivrait de la fièvre joyeuse dont elle était le centre, belle comme une déesse, rayonnante comme une étoile. Carlo l'avait précédée à l'église. Sa main serrée lui dit clairement qu'elle n'avait rien à craindre, et d'ailleurs, qui viendrait interrompre un office divin ? Ils se jurèrent solennellement fidélité, et joignirent leurs élans de l'âme à la voix des chœurs qui chantaient l'alléluia. Quand le couple apparut sur le parvis de l'église, on trouva l'un et l'autre si beaux, dans la lumière du soleil, et sous la pluie des fleurs, que la foule alertée par les musiciens, s'agglutinait pour les contempler, les acclamer, leur lancer des *Bella* ! *Auguri* ! tandis qu'on attrapait au vol les soldi que, par poignées, les garçons d'honneur lançaient à la volée. L'effervescence était telle qu'ils ne virent pas, assis et immobiles à la devanture d'une taverne et observant la scène, un homme habillé de gris, aux yeux aussi clairs que le spectre rouge de la veille, flanqué de deux hommes en noir

La noce s'en alla en cortège jusqu'au palais, s'engouffra sous des arcades de feuillages tressés, au milieu d'une haie de musiciens aux pourpoints colorés. On entendit longtemps les échos des rires, des musiques et des chants.

Vers le milieu de l'après-midi survint un brusque silence troué d'éclats de voix. Un valet porteur d'eau surgit en courant, traversa le campo en hurlant *Aiuto* ! Les maîtres viennent de tomber sans connaissance ! Un médecin !

Le soleil avait tourné, plongeant dans l'ombre l'auvent de la taverne. Il s'y fit un mouvement de formes grises qui semblaient faire partie du morne décor du lieu. Ser Butiron consulta l'heure au cadran de l'église voisine. Il eut un hochement de tête satisfait.

— À vous, Messer Butiron, dit le Chancelier.

La cape sombre du médecin se détacha de la muraille, traversa le campo et disparut sous l'arc de feuillages qui, à l'entrée du palais de Donna Despina, commençaient à se flétrir. Mosca leva vers Aurelio un œil inquiet.

— Cela semblera bizarre, ne croyez-vous pas ?

— Mais non, Mosca. C'est rare, mais cela arrive ; Un arrêt du cœur par excès de bonheur.

FIN

NOTE DES AUTEURS

La trame de ce roman s'appuie sur des situations, faits et personnages historiques, repris avec leur influence, leur spécificité, leur fonction, leur caractère.

Ainsi, nous avons su que dès le XVe siècle, Venise entama des travaux sur la terraferma dans le but de maîtriser les cours d'eau qui alimentent la lagune, d'augmenter la surface des terres cultivables tout en se gardant la possibilité de les inonder en cas d'approche d'une armée ennemie.

Le Conseil des Dix, s'assurait les services d'un maître des substances expert en poisons et utilisait ceux-ci pour éliminer des ennemis politiques, des trublions de toute sorte, sans inquiéter les populations car La Sérénissime détestait le trouble et le scandale.

Le tourisme n'a jamais cessé à Venise. On y recevait des marchands étrangers, des pèlerins ou de simples visiteurs attirés par la réputation de la ville. Pour eux, on imprimait un catalogue des maisons de jeu et des courtisanes, celles-ci étant reprises avec leur adresse, leurs spécialités et leur tarif.

Les carnets du collectionneur Marcantonio Michiel nous renseignent aujourd'hui sur les collections privées de l'époque ; c'est d'après eux que l'on a attribué *La Vénus Endormie* à Giorgione.

Les péripéties de la guerre de Cambrai se trouvent dans tous les livres d'histoire.

Enfin, les personnages du Grand Chancelier Nicolò Aurelio, de Laura, la fille du professeur de

Padoue, sont historiques, de même que, bien sûr, les figures du Doge Leonardo Loredan, d'Aldo Manuzio et celles de tous les artistes, sans qui le passé ne serait qu'une idée abstraite et les récits qu'on en tire incapables de nous faire rêver.

Il n'est d'historien que le romancier.

DES MÊMES AUTEURS

La série "LE RENARD DE VENISE" :
Les aventures de Pietro Aurelio, jeune vénitien de 1530.
UN HIVER À CHYPRE*:
Ce premier voyage, à bord d'une galère marchande, relate l'aventure du jeune Vénitien, tant sur mer, où l'on peut faire de mauvaises rencontres, que sur terre, à Chypre, où, mêlé à la vie de la colonie, il en découvre les délices et les embûches.

La série "ENQUÊTES VÉNITIENNES" :
Venise est la ville du commerce et des arts. En cette période des guerres d'Italie, elle défend farouchement son indépendance malgré le foisonnement d'espions et d'agents des puissances étrangères.
LE CONCERT INTERROMPU*:
Dans ce premier volume d'une série, Nicolò Aurelio, Grand Chancelier de la République de Venise et amateur d'art, se voit confronté à une énigme que la raison d'état lui commande de résoudre avec discrétion. Il rencontre des artistes, des nobles, un notaire, un banquier, des membres du clergé, des valets, la courtisane Laura, beauté fascinante et dangereuse.
Aidé de son adjoint Mosca, réussira-t-il à expliquer la mort étrange d'un haut responsable de l'arsenal ?

LE SOUPER DE LA SAN MATTIO**

Dans ce deuxième volume, Nicolò Aurelio est confronté à la double disparition d'un notable de la République et des documents secrets dont celui-ci avait la charge. Homme des secrets d'État, c'est à lui que le Conseil des Dix confie l'enquête. Or, tout part d'un souper privé où sont réunis un capitaine du commerce d'Orient, des amateurs et marchands d'art étrangers et des courtisanes, dont la fascinante et dangereuse Laura.

Aidé par son adjoint Mosca, Nicolò Aurelio réussira-t-il à trouver un voleur et un assassin ?

La saga historique "CINQUECENTO":

Un cycle de romans historiques, en six volumes, dans la Venise de 1500. Des personnages captivants, un récit inspiré de l'Histoire. Amour, Passions, Aventures et Arts en pleine Renaissance et Guerres d'Italie. 3000 pages pour rêver !

Des ouvrages disponibles en «livres papier» et en «livres numériques/e-books» :
 (www.cinquecento.be).

LES AUTEURS

Pierre LEGRAND est ingénieur chimiste, docteur ès sciences physiques. Il a fait carrière à Bruxelles, au siège européen d'une multinationale américaine. Directeur marketing et technique, il a aussi représenté l'industrie chimique auprès de la Commission Européenne. Passionné d'histoire et de littérature, il est doté d'un goût pour l'analyse et l'investigation scientifique, historique et bibliographique, et possède un grand talent d'imagination.

Il assure le scénario.

Claudine CAMBIER, après un cycle d'études classiques, est licenciée en lettres romanes et agrégée de l'enseignement. Elle a été professeur de lettres et d'histoire dans l'enseignement belge. Passionnée d'art, d'histoire et de littérature, avec un goût certain pour la création au sens large, ses talents artistiques trouvent à s'exprimer aussi en sculpture et en tout domaine où peuvent se retrouver l'invention et la recherche du beau.

Elle assure l'écriture.

© Legrand-Cambier, Bruxelles, décembre 2015.

Tous droits de traduction, de reproduction et
d'adaptation strictement réservés pour tous pays.

ISBN : 978-2-930804-25-5

Imprimé à la demande par CreateSpace
Dépôt légal (France): Décembre 2015

Printed by CreateSpace
Available from Amazon.com and other online stores

www. cinquecento.be